YOUTUBEURS 4

Kennes
Éditeur
de coups de cœur

Retrouvez-nous sur www.kenneseditions.com

Rejoignez-nous sur notre page Facebook : www.facebook.com/KennesEditions

Suivez-nous sur notre compte Instagram : kenneseditions

Publié avec les autorisations des Éditions de La Bagnole

Directeur de collection et direction littéraire : Pierre Szalowski
Révision linguistique : Patricia Juste
Conception graphique : Yanick Nolet
Correction : Caroline Hugny
Mise en page : Axel Pérez de León et Sarah Belleville

Rue de la Blanche Borne 15
6280 Gerpinnes (Loverval) – Belgique

Adaptation et lexique : Cassandre Sobieski

Dépôt légal : avril 2021 – D/2021/13.105/55

ISBN : 978-2-3807-5135-2
NUART : 68-3308-3

Imprimé en Europe

YOUTUBEURS 4

TURBO APOCALYPSE

OLIVIER SIMARD

Kennes

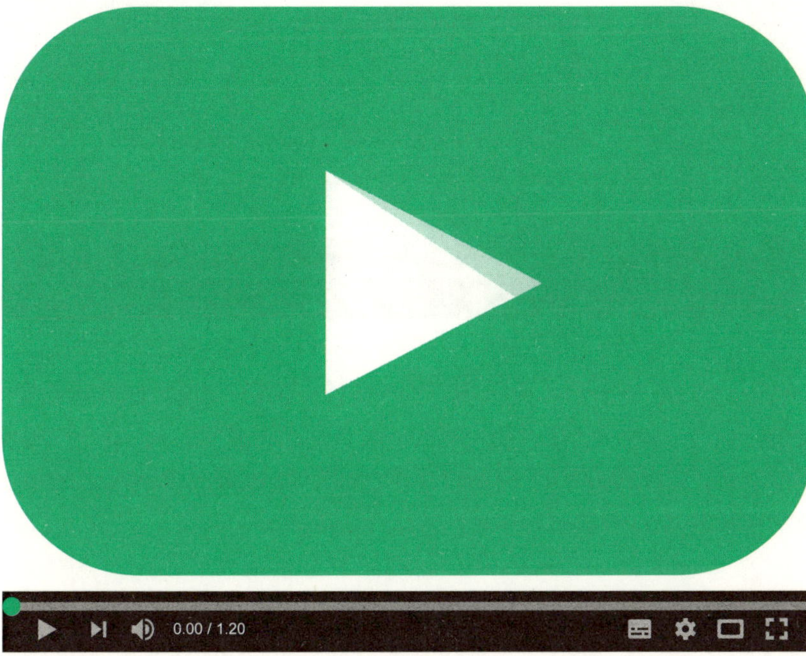
0.00 / 1.20

« What's up, bande de nuls ? Je m'appelle Turbo Ménard et je suis ici avec Will Triple Action. Aujourd'hui, la Jackstrap Dynastie va ENVAHIR le supermarché avec des turbo pranks comme vous en avez jamais vu. Vous êtes prêts ? On y va ! »

Pendant que Nate the Great les filme avec son téléphone, Turbo et Will entrent dans le magasin. Sur son chemin, Turbo s'empare d'un ballon de football et commence à dribbler. Lui et Will se font des passes. Lorsqu'ils arrivent dans la section des produits ménagers, Turbo se tourne vers la caméra.

« Ok, bande de mollusques, on va commencer par une petite partie de bowling… »

Will et Turbo prennent des paquets de papier toilette sur une étagère et les empilent pour former une pyramide géante au milieu de l'allée. Turbo pose le ballon de football à l'autre extrémité de la rangée. Il prend son élan et frappe de toutes ses forces.

« C'est un strike, mesdames et messieurs ! »

Turbo et Will continuent de sillonner les allées. Ils s'arrêtent devant un comptoir d'information où il n'y a personne. Turbo décroche le téléphone et appuie sur « intercom ». Des gémissements sexuels résonnent dans les haut-parleurs du magasin. La vidéo s'interrompt et reprend dans la section bouffe, où Will fait semblant de lire les ingrédients sur une boîte de soupe minestrone. L'image étant instable et pas toujours claire, on comprend que Nate est en train de filmer la scène en cachette, son appareil dissimulé dans sa veste. D'autres clients font leurs courses. Une employée remplit une étagère avec des sachets de sauce au fromage en poudre. C'est une femme assez jeune qui semble prendre son travail très au sérieux. Tout a l'air normal, jusqu'à ce que Turbo apparaisse au bout de l'allée. Il marche nonchalamment en tenant une grosse brique de lait dans chaque main. Il s'arrête à côté de l'employée et lui pose une question. La femme répond en souriant et le guide gentiment un peu plus loin dans l'allée. Elle retourne ensuite à sa mission sauce au fromage.

***La vidéo passe au ralenti.** Turbo bondit dans les airs. Dans son élan, il lance les deux briques de lait vers le sol, où elles éclatent, puis il s'écroule par terre.*

***La vidéo reprend sa vitesse normale**. Will est le premier à aller s'agenouiller près de Turbo, qui gémit en se tordant de douleur au milieu d'une IMMENSE flaque de lait.*

« Il est blessé ! Aidez-le, s'il vous plaît ! »

À ce stade-ci, toute personne qui a déjà regardé des pranks sur YouTube a compris que c'est cent pour cent fake. C'est une blague que j'ai vue mille fois sur internet. C'est CLAIR qu'il fait semblant d'avoir mal. Tout le monde le sait, sauf l'employée du supermarché qui se précipite vers lui pour l'aider.

La vidéo se remet au ralenti *pendant que la jeune femme court vers Turbo. Dès que son pied touche la flaque de lait, elle glisse. Dans sa chute, sa tête heurte le sol. Turbo se rassoit et constate ce qui vient d'arriver.*

« Oh my God, hahaha !!! »

La femme n'a toujours pas bougé. Elle fixe le plafond, la bouche ouverte, en clignant rapidement des yeux. La flaque de lait autour d'elle est devenue rose, mélangée au filet de sang qui s'écoule de l'arrière de sa tête. Turbo se tourne vers la caméra.

« Oh shit. Oh shit. Nate, tu filmes ça, j'espère ! »

Au même moment, un agent de sécurité apparaît au bout de l'allée. Les trois garçons décampent et la vidéo s'arrête.

TURBO
APOCALYPSE
2.20 / 2.20

OH MON DIEU !!!

Pour souligner ma première journée d'école, ma mère m'a offert un traitement royal : elle m'a conduit et, en prime, on s'est arrêtés au magasin de beignets polonais.

— Wow ! Tu grandis… Je suis tellement fière de toi !

À chaque rentrée scolaire, c'est pareil. On dirait que sa fibre maternelle prend des stéroïdes.

— Tu entres déjà en troisième année ! Il me semble que, hier encore, tu tirais sur mes boucles d'oreilles avec tes mains pleines de purée !

Elle se tourne vers moi et me regarde avec tendresse.

— Mon bébé…
— Maman, je ne suis pas ton bébé.
— C'est vrai, t'es en train de devenir un beau grand jeune homme…

— Maman, ton mascara est en train de couler sur ton col de chemise.
— Oh mon Dieu !!!

Je descends de l'auto avec du sucre en poudre plein les joues. Mon sac est tellement lourd que j'ai peur de tomber sur le dos et de ne plus jamais pouvoir me relever.

Un sentiment de nostalgie s'empare de moi quand je passe devant le local de méditation et cette bonne vieille affiche « Non à l'intimidation ». La fontaine à eau remplie de chewing-gums a été débouchée pendant l'été, mais l'ambiance est la même. Ce matin, trois petits nouveaux ont pris notre place, au pied de la colonne. Quand ils me voient passer, ils se mettent à chuchoter. C'est bizarre, j'ai même l'impression qu'ils parlent de moi.

Dans l'agora, le distributeur automatique continue d'exercer son mystérieux pouvoir d'attraction. Sauf que, cette année, c'est ma bande qui occupe la zone. Jean-Robert est adossé au mur, dans une position de dragueur, et il parle avec Fatima. L'épisode du PowerPoint piraté est derrière lui et il continue de se faire remarquer dans l'industrie de l'amour. Tout comme dans le cœur de Fatima.

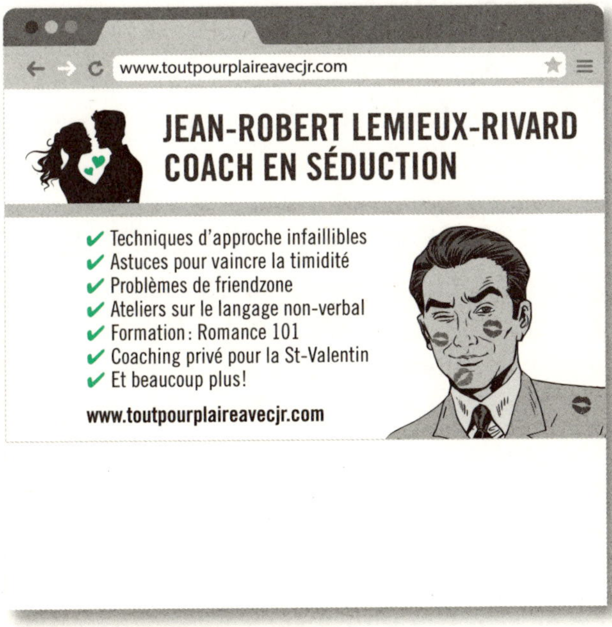

Assis par terre, Tam joue aux dés avec Aziz Fadoul et ses amis. Comme il est interdit de miser de l'argent, ils utilisent des éléments de leurs déjeuners comme monnaie d'échange. À en juger par la quantité de bâtonnets de Ficello et de biscuits au sésame qui sont empilés devant lui, Tam est en train de les plumer.

— Boum ! Double trois. Vide ton sac… Oui, oui, même le brownie qui est dans tes poches. Plus vite que ça !

Dans la foule, j'aperçois Noémie, qui rit et gesticule avec ses amies. Dès qu'elle me voit, elle vient me sauter dans les bras.

RÉSUMÉ DE MA SITUATION AVEC NOÉMIE

Soyons clairs. Prendre le blâme à la place de ma sœur pour l'incident Célibataire Premium était un acte d'héroïsme digne de mention.

QUELQUES ACTES D'HÉROÏSME DIGNES DE MENTION

5. Retourner dans une maison en feu pour aller chercher un chat ou tout autre animal de petite taille.
4. Trouver un portefeuille par terre et le remettre à son propriétaire, même s'il contient 153 euros, une clé USB de 64G et un coupon pour un cornet gratuit au Dairy Queen.
3. Plonger devant une balle de fusil.
2. Donner un rein.
1. Accepter de me faire disputer par ma mère alors que **JE N'AI RIEN FAIT DU TOUT.**

Le lendemain, Noémie m'a écrit une longue lettre sur Messenger pour me dire qu'elle admirait mon geste et que je lui manquais... Ça fait deux semaines que l'amour a repris entre nous et je crois que c'est encore plus fort qu'avant.

— Coucou, Henri chat !
— Salut, Noéminou !
— Tu commences avec quoi ?
— Français, avec madame Sylvestre.
— Tu as de la chance...
— Quoi ?

— T'as jamais entendu parler de madame Sylvestre ?
— Non, pourquoi ?

Noémie s'apprête à répondre, mais quelque chose, derrière moi, attire son regard. Elle sourit et me chuchote à l'oreille :

— Je pense que mon petit ami a des admirateurs…

LAURENT 4 LIFE

Les trois petits nouveaux que j'ai vus tout à l'heure sont maintenant debout devant moi. Ils me regardent comme si j'étais un dinosaure ou la pyramide de Khéops. Quelque chose de rare et d'important. Le plus petit s'avance. Il porte une chemise neuve, un jeans neuf et des chaussures neuves. Ses cheveux sont peignés vers l'arrière avec du gel.

— Henri OMG ! Je suis un fan, mon gars ! C'est trop bon, ce que tu fais !
— Ah ben… euh… cool. Merci.
— Quand j'ai appris que t'allais au lycée PL, j'étais TROP content. J'avais vraiment hâte de te rencontrer.
— Enchanté, *man*. C'est quoi, ton nom ?
— Laurent. Moi aussi, je suis youtubeur, tu sais ?
— Cool. C'est quoi, le nom de ta chaîne ?
— Ça s'appelle « Laurent 4 Life ».

Il est fier.

— Et tu sais quoi ? J'ai déjà 21 abonnés !

Je repense aux efforts que j'ai dû faire pour avoir mes 20 premiers à moi. Ça n'a pas été de la tarte. Ce gars-là mérite du respect.

— Vingt et un ? Wow, c'est bon ! Bravo !
— Merci ! Tu veux bien mettre un autographe dans mon cahier de maths ?
— Oui, pas de problème !

Je fouille dans mon sac à la recherche d'un stylo.

— Wow ! Tomber sur Henri OMG par hasard, lors de ma première journée au collège ! Attends que je raconte ça à mes parents !

Je ne sais pas quoi écrire, alors j'improvise, comme ça vient. Laurent continue :

— J'imagine que tu reviens de vacances... C'est pour ça que t'as rien posté depuis un bout de temps ? T'avais pas de wifi ? Hahaha !
— Euh... oui, c'est ça...

Pour être exact, je n'ai pas publié une seule vidéo depuis 28 jours. Et non, je n'étais pas en vacances. Même que j'avais internet haute vitesse illimité à la maison pendant tout ce temps-là. En réalité, c'est simple, si je n'ai rien mis en ligne, c'est parce que...

Laurent reprend son cahier de maths, en le manipulant comme si les pages étaient soudainement devenues aussi fragiles que des ailes de papillon.

— En tout cas, Henri, c'était vraiment un honneur de te rencontrer aujourd'hui.

En s'éloignant, Laurent relit mon mot avec un sourire ému. J'ai fait sa journée.

Pour mon ami Laurent,
Bienvenue au collège ☺
Henri OMG

La cloche sonne et la foule dans l'agora se met lentement à remuer. Tam se relève et enfouit son butin dans son sac à dos, pendant que Jean-Robert fait glousser Fatima avec une dernière blague. Noémie m'embrasse et murmure à mon oreille :

— Bonne journée, monsieur Oh my God. Je t'aime.

LE PIRE *DAB* DE L'HISTOIRE DES *DABS*

La salle de madame Sylvestre ressemble à une classe de maternelle. On ne voit même pas la couleur des murs, tellement ils sont couverts d'affiches. Il y a, bien sûr, des tables de conjugaison, quelques règles de grammaire, la démarche d'autocorrection, les clés de lecture et tout le tralala. Mais il y a aussi :

- Les étapes de résolution de conflit
- Les lois principes de la communication pacifique
- Les cinq règles du respect
- Les dix règles de l'amitié
- Cinq emojis géants
- Le schéma de la confiance en soi
- Les bons conseils d'Hector, le poisson débrouillard

Sans oublier l'élément principal, juste à côté du bureau de madame Sylvestre :

UN GIGANTESQUE ET SOPHISTIQUÉ TABLEAU DES RÉCOMPENSES

Pendant qu'on attend la deuxième sonnerie, les discussions dans la classe tournent toutes autour du même sujet.

— Il paraît que le crâne de la fille s'est fendu, et que le lait est entré dans son cerveau.
— Moi, j'ai entendu dire qu'elle s'était noyée dans le lait.
— T'es drôle, toi ! C'est physiquement impossible de se noyer dans du lait. Je l'ai lu sur internet.
— Et moi, j'ai lu sur internet qu'il ne faut pas croire tout ce qu'on lit sur internet.
— Qu'est-ce que tu veux dire ? Je ne comprends pas…
— Laisse tomber.
— En tout cas, que Turbo ne compte pas sur moi pour suivre ses prochaines vidéos. La Jackstrap Dynastie, c'est fini pour moi.
— Ce gars-là, c'est une honte pour tous les youtubeurs. On n'a pas besoin de lui sur internet.
— Le pire, c'est que je l'ai déjà trouvé cool. T'imagines ?

Madame Sylvestre va porter sa feuille de présence dans le couloir et mon année scolaire peut officiellement commencer.

— Bonjour, groupe, j'espère que tu as passé de belles vacances…

Une prof qui utilise le pronom « tu » pour s'adresser à ses élèves, ça me rappelle les bonnes vieilles années du primaire. Les salopettes, les jeux à l'extérieur et les berlingots de lait. Quelqu'un frappe à la porte. Madame Sylvestre va ouvrir et un dernier retardataire apparaît devant elle, à bout de souffle.

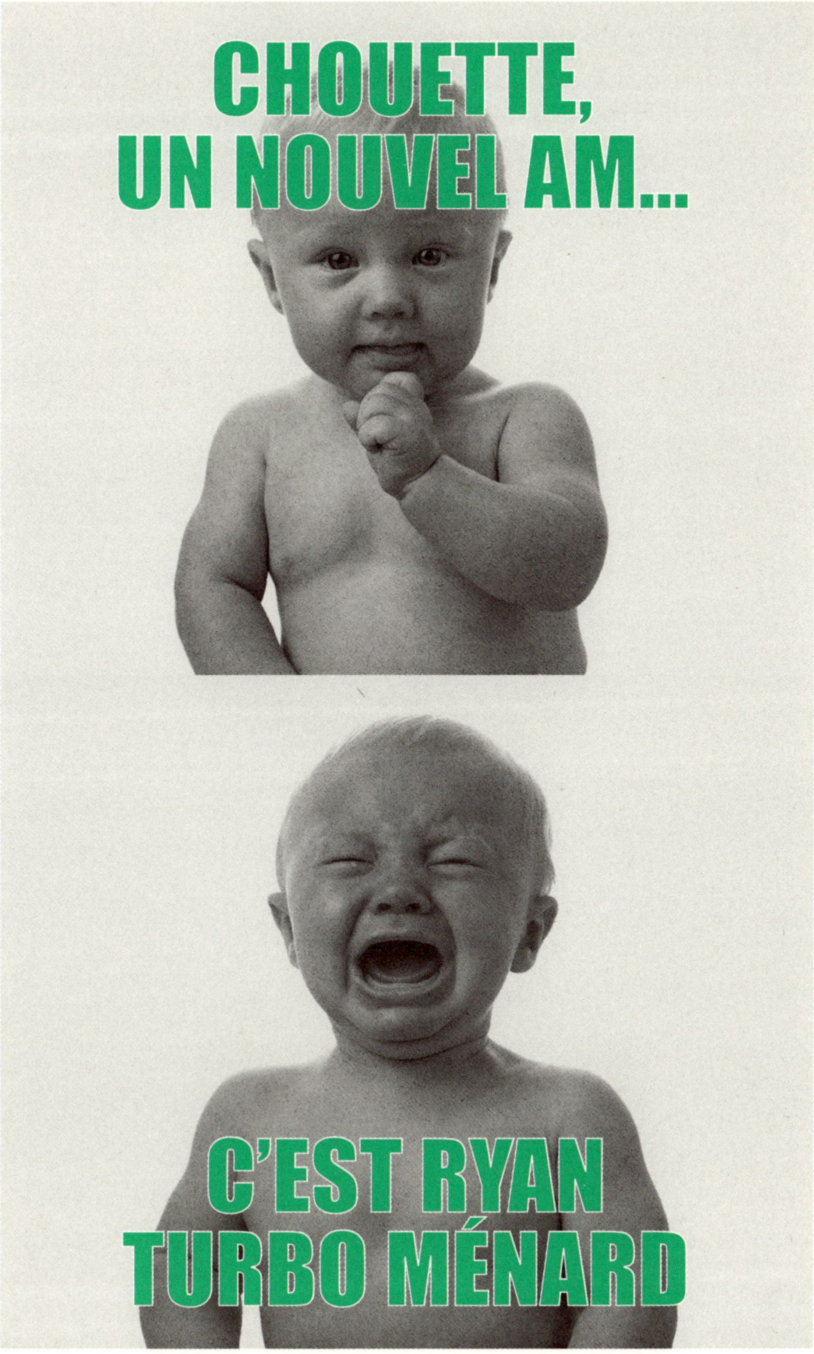
CHOUETTE,
UN NOUVEL AM...
C'EST RYAN
TURBO MÉNARD

Un murmure de déception se fait entendre autour de moi. Ryan entre dans la classe et nous regarde avec un grand sourire stupide. Puis, devant les élèves bouche bée, il fait un *dab**. Le pire *dab* de l'histoire des *dabs*.

* *Dab* - Mouvement qui consiste à placer son visage dans le creux du coude tout en levant ses deux bras à l'oblique.

MON ÉTÉ, VU PAR MADAME SYLVESTRE

HENRI BASTIEN	
Amour	Henri s'est remis avec Noémie
->	Obtient un demi-cœur
Hygiène et Propreté	La chambre d'Henri est un désastre
->	Recule de deux échelons sur l'échelle de la propreté
Jeux vidéo	Henri a enfin réussi à gagner une Battle Royale à *Fortnite*
->	A le droit d'apporter une carte Pokemon en classe, à condition de ne pas déranger les amis
Expression de soi	Henri n'a pas filmé une seule vidéo depuis un mois
->	Je lui enlève une étoile de Star
Amitié	Henri s'est réconcilié avec Jackson
->	A le droit d'ajouter une tranche de pepperoni sur la pizza de l'amitié

HENRI BASTIEN : UN ADO CENT POUR CENT ADO

— Je te jure, No, son *dab* a duré au moins 10 secondes ! C'était TROP laid !

Noémie est venue chez moi après l'école. Étendus sur mon lit, on se raconte notre journée.

— Tout le monde se regardait. Même madame Sylvestre ne savait pas quoi faire !
— L'année passée, Fatima avait Will, Nate et Turbo dans sa classe. T'imagines ?
— Tu rigoles ? La Dynastie au complet !
— Il paraît que c'était un cauchemar ! Pourquoi tu penses que monsieur Ben Badi a fait un burn-out ?!
— Au moins, cette année, Will et Nate ne sont plus là. C'est déjà ça…

Pendant l'été, Nate the Great a déménagé et Will Triple Action a été placé dans une école pour délinquants. Turbo Ménard est le seul survivant de la Dynastie encore au lycée PL. Quelqu'un frappe à la porte.

— Entrez !

Ma mère pénètre dans ma chambre avec une boîte noire couverte d'étoiles argentées.

— Tiens, mon grand. J'ai vu ça à la pharmacie, et j'ai pensé à toi.

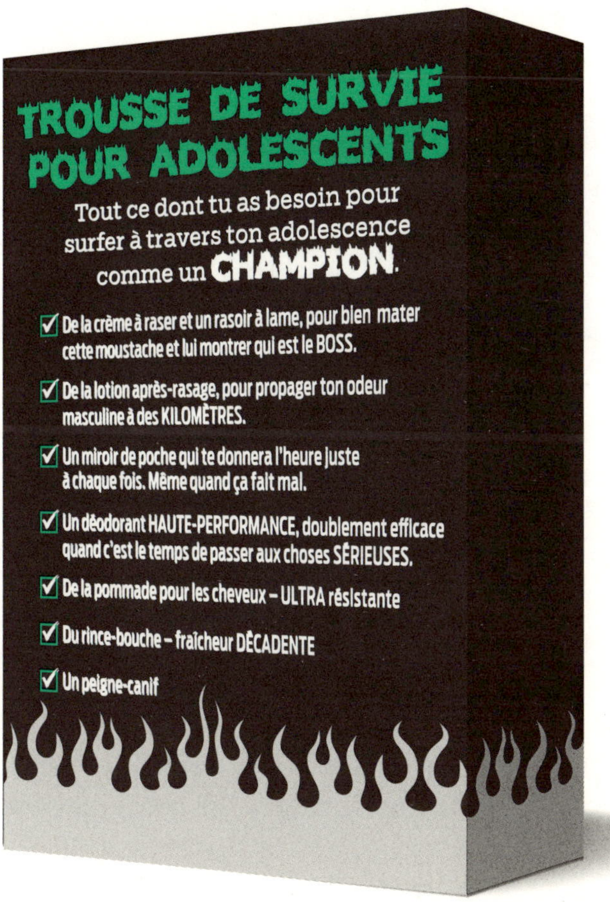

— Euh… merci…
— De rien ! J'ai trouvé ça aussi.

Elle sort une petite affiche de son sac à main. Un truc avec des têtes de mort et le mot « ado » écrit un peu partout.

— Maman, qu'est-ce que tu veux que je fasse avec ça ?
— C'est pour coller sur ta porte. À partir de maintenant, tout le monde dans la famille va devoir respecter ta vie privée d'ado !

— Tu sais, Henri, moi aussi, j'en faisais, des petites cachotteries quand j'avais ton âge… Je comprends !

Ma mère s'inquiète pour rien. La pire « cachotterie » que j'ai faite dans ma vie, c'est de regarder *Glee* jusqu'à minuit alors que je lui avais promis de me coucher à 10 h. Mais, et encore, j'avais une bonne raison. Rachel venait de se faire exclure une nouvelle fois et il fallait absolument que je sache si Megan la laisserait réintégrer le Glee Club.

— M'man, merci de respecter mon intimité, c'est super apprécié. Sauf que je ne fais pas de petites cachotteries dans ton dos, comme tu dis. Tu peux me croire.
— Écoute, mon chou, je ne veux pas le savoir, OK ? Tu fais ce que tu veux. Je respecte ton intimité d'ado ! Salut !

Elle me fait un IMMENSE clin d'œil et sort en refermant la porte derrière elle.

— Elle est sympa, ta mère.
— Ouais. Sauf que, des fois, la frontière est mince entre sympa et…
— … énervante, je sais. Mais tu ne devrais pas te plaindre d'avoir un peu de liberté. Moi, depuis que mon père a fini son dernier contrat, il est tout le temps à la maison, et il passe son temps à me surveiller. Je te jure que c'est pénible.

Mon regard s'arrête sur l'affiche « ZONE RÉSERVÉE AUX ADOS ».

— En tout cas, c'est clair que je ne collerai jamais ça sur ma porte de chambre ! J'ai plus 10 ans. De toute façon, c'est pas comme si j'avais plein de trucs à cacher…

Noémie hésite avant de répondre :

— Pas pour l'instant…

— Qu'est-ce que tu veux dire ?

Elle passe sa main dans ses cheveux en faisant un sourire gêné TROP mignon.

— Henri… on a 15 ans… Est-ce qu'il faut vraiment que je te fasse un dessin ?

Un frisson me traverse le corps.

— Oh ! Tu veux dire que… ben que…
— C'est ça… Je veux dire que… tu sais.
— Tu veux dire que… on a 15 ans et qu'on va bientôt…
— Exactement !
— …
— …
— …
— Bon, est-ce que j'ai créé un malaise ?

UN PETIT COUSCOUS SERAIT LA MOINDRE DES CHOSES

Pendant que je me bidonne en déballant ma trousse de survie pour adolescents, Noémie s'approche de moi et me surprend avec un baiser. Pour m'occuper les yeux pendant que nos bouches se mêlent, je laisse mon regard errer autour de moi. La boîte de biscuits vide sur mon bureau, ma manette de *gaming*, la chaussette en boule à côté de la poubelle et…

Debout en plein milieu de ma chambre, Charlie nous observe avec un visage intensément inexpressif.

— Charlie ?!!! Qu'est-ce que tu fais là ?!!!

Noémie s'est relevée. Elle replace ses cheveux et son t-shirt, puis va s'asseoir sur ma chaise à roulettes. Charlie répond en brandissant la feuille de papier qu'elle a dans les mains.

— Ce midi, à la cafétéria, il n'y avait aucune option végé sur le menu de la semaine.
— …
— Je parie que tu trouves ça scandaleux ?

Depuis la mort de son iguane-nain-surdoué-cinéphile-instagrameur-sagittaire-çadevientvraimentlourd-Chris-Pratt, Charlie mène tous les combats. C'est vrai qu'elle a toujours été comme ça, sauf que, depuis trois semaines, c'est encore pire. Elle se lance dans la mêlée chaque fois qu'une injustice apparaît dans son champ de vision. Et parfois même quand il n'y en a pas…

Quelques causes défendues par Charlie au cours de l'été

- Mouvement contre la crème solaire testée sur les animaux
- Lutte contre l'obligation de préparer un spectacle chaque semaine au camp de vacances
- Grève du silence pour lutter contre l'obligation de chanter des chansons stupides, sur le chemin vers la piscine

— Et en passant, j'ai frappé mais t'as pas répondu… Comme c'était une urgence, j'ai décidé d'entrer.

Je ne dis rien. J'ai juste hâte qu'elle parte pour pouvoir reprendre là où j'en étais avec Noémie, avant qu'elle arrive.

— Donc… tu veux bien signer ma pétition ?
— Ta pétition pour quoi ?
— Pour avoir une option végé à la cafétéria de l'école. Enfin, tu m'écoutes ou quoi ?
— Charlie, c'est ta troisième pétition cette semaine. Tu penses pas que t'abuses ?
— Si quelqu'un abuse ici, c'est sûrement pas moi. Au prix que ça coûte, de manger à l'école, la direction aurait amplement les moyens de prévoir une dizaine de burgers au tofu avec un petit couscous. Ça serait la moindre des choses, tu ne crois pas ?
— La moindre des choses, c'est de frapper quand on entre dans la chambre de quelqu'un. Et d'ATTENDRE qu'on vienne te répondre. Pour le reste, tu repasseras plus tard. Là, on est occupés.
— Normal. T'as 15 ans et t'es en pleine puberté. Je ne doute pas que tu sois très occupé, en effet…

À bout de patience, je prends la feuille de papier et un stylo sur mon bureau. Noémie écrit son nom en dessous du mien et Charlie, satisfaite, se dirige vers la porte. Juste avant de sortir, elle se retourne vers moi.

— Ah oui, un dernier truc. Le garçon qui a fait la blague stupide, il va à ton école, hein ?
— Oui. Il est dans ma classe.
— Et tu vas faire quoi ?
— Qu'est-ce que tu veux que je fasse ?
— Je ne sais pas. Une manifestation, une grève de la faim, n'importe quoi.
— Merci pour le conseil, Charlie, mais je n'ai pas l'intention de me laisser mourir de faim pour protester contre Turbo Ménard.
— Tu sais que ne rien faire, ça fait de toi un complice ?
— Franchement. C'est quand même pas ma vidéo. Et de toute façon, un complice de quoi ?
— Un complice de la stupidité sur internet. En refusant d'agir, Henri, tu encourages des youtubeurs comme Turbo Ménard, Logan Paul et plein d'autres, qui sont prêts à faire n'importe quoi pour avoir des…

Je la coupe dans son envolée.

— Charlie…
— Quoi ?
— Au revoir !!

Dès que ma sœur est sortie de ma chambre, je prends l'affiche « ZONE RÉSERVÉE AUX ADOS » et je vais chercher mon ruban adhésif sur mon bureau.

Yo
ZONE RÉSERVÉE AUX ADOS
COOL
ATTENTION :
Cette chambre est 100% ADO
ADO
ADO
Entrez à vos RISQUES ET PÉRILS
Interdit aux non-ados
Yo
Réservé aux 13 ans et +
Yo
Prière d'adopter une attitude cool et jeune
ADO
FRESH
FRAPPEZ AVANT D'ENTRER

IL Y A 28 JOURS, J'AI CESSÉ D'EXISTER

Noémie vient de partir. Pendant que son père attendait dans l'auto, on s'est embrassés une dernière fois. Un baiser court, ferme et rempli de promesses. Ma sœur écoute du rock underground et ma mère fait de la méditation dans le salon. Assis devant mon ordi, je démarre ma caméra.

« *Hey,* what's up, *tout le monde, ici Henri OMG !* Long time no see* ! *Je suis TELLEMENT content de vous retrouver. Aujourd'hui, j'ai décidé de vous montrer mes cinq meilleurs* life hacks *de la rentrée. Je vous promets que ça va changer votre vie !...* »

Je soupire et j'appuie sur Stop. Ça fait trois jours de suite que j'essaie de filmer cette foutue vidéo et, chaque fois, c'est pareil : en plein milieu de l'intro, je me sens nul. Tout le monde se fout de mes cinq *life hacks* sur la rentrée. Ce n'est pas ça qui va changer la vie de mes abonnés. Je ne sais pas pourquoi je m'entête à produire ce genre de truc. Et qu'est-ce que j'ai à

* *Long time no see* - Expression anglaise utilisée lorsque des personnes ne se sont pas vues depuis un long moment.

dire de si intéressant, de toute façon ? Ça va bientôt faire un mois que je n'ai rien mis en ligne. Et 30 jours, sur YouTube, c'est infini.

FRÉQUENCE DE PUBLICATION DE QUELQUES YOUTUBEURS CÉLÈBRES	
Squeezie	1 vidéo tous les 3 jours
Jacksepticeye	1 vidéo par jour
Frigiel	1 vidéo par jour
Macfly et Carlito	1 vidéo tous les 6 jours
FailArmy	1 vidéo tous les 3 jours

Source : socialblade.com

Au début, quelques abonnés m'ont écrit pour savoir ce qui se passait. Si j'avais des soucis, pourquoi je ne publiais rien, des choses comme ça. Quelques amis du troisième âge m'ont envoyé des messages pour me demander de faire une vidéo sur le jardinage ou sur la meilleure façon de pimenter sa vie amoureuse quand les enfants ont quitté le nid familial. Et puis, mes *followers* sont passés à autre chose. Ils sont retournés jouer au football, à *Fortnite* ou regarder des vidéos de FailArmy. La plupart n'ont même pas pris la peine de se désabonner. Ils ont simplement oublié que j'existais.

AVOIR DES BRAS SERAIT UN ATOUT

Pour nous enseigner la règle des participes passés, madame Sylvestre a composé une chanson. Ça fonctionne bien ; les notions sont parfaitement expliquées. Il y a juste un problème : elle a choisi l'air de *Elle me dit*, de Mika, une des chansons préférées de ma mère. Je n'aurai pas le choix. Pour oublier ce moment traumatisant à tout jamais, je vais devoir :

Dix minutes avant la cloche, madame Sylvestre arrête la musique.

— Maintenant, avant de partir, je veux que tu te places en équipe avec un camarade. Ensemble, vous devrez composer une chanson portant sur une règle de grammaire de votre choix et la présenter au reste des amis. Allez, hop ! À la tâche, tout le monde !

Je me tourne d'abord vers Raphie mais elle vient tout juste de se placer avec Marwa. Abdoul me regarde. Je lui souris en retour et réalise aussitôt qu'il visait Joaquin, assis juste derrière moi. Encore raté. Il faut que je trouve un partenaire au plus vite afin d'en finir avec ce malaise. Surtout qu'en ce moment, Ryan Turbo Ménard est en train de me fixer. Je le vois du coin de l'œil. Il vient de se lever et marche maintenant dans ma direction. J'ai encore cinq secondes, grand max, pour me trouver un coéquipier avant qu'il ne soit trop tard. Mes critères sont d'ailleurs de plus en plus raisonnables.

ÉVOLUTION DE MES CRITÈRES DE SÉLECTION POUR CHOISIR UN COÉQUIPIER

- ~~Être bon en français, assidu, poli, collaboratif, avoir un bon sens de l'humour et une belle écriture.~~
- ~~N'être porteur d'aucune maladie contagieuse grave, telle que la rougeole ou la malaria.~~
- Aucun critère en particulier. Avoir des bras serait un atout.

Ryan est maintenant dangereusement près. Trop près.

— Hé, Henri…

Je lève les yeux, mais ce n'est pas Turbo qui est devant moi. Carl est arrivé à mon bureau une demi-seconde avant lui.

— … tu veux qu'on se mette ensemble ?

ELLE M'A SCIÉ LES CUISSES

Je sors de la classe de madame Sylvestre, les voiles gonflées de soulagement. Je me surprends même à claquer des doigts en sifflotant la chanson de Mika. J'arrive au casier de Noémie et je lui colle un gros bisou mouillé sur la joue. Malgré son sourire, je sens qu'elle n'est pas comme d'habitude.

— Ça va, Noéminou ?

Elle fait non de la tête, sans me regarder.

— Qu'est-ce qui se passe ?
— J'ai parlé à mon père, ce matin…

Elle soupire et avale sa salive.

— Il a trouvé un nouveau contrat jusqu'à Noël.
— Ah… euh… cool ! Il sera un peu moins sur ton dos, tu dois être contente.
— Sauf que c'est super loin…
— Loin comment ?
— VRAIMENT loin. Il faut qu'on déménage pour quelques mois.

« Déménage ». Ce mot-là m'a fait l'effet d'un croc-en-jambe. Pire que ça. Il m'a carrément scié les cuisses.

— Tu pars quand ?
— Dans une semaine.

— On revient pour les vacances de Noël…
— QUOIIII ?
— C'est un contrat super important pour mon père. On n'a pas le choix.
— Oh mon Dieu…
— Je sais… Moi aussi, ça me fait chier.

MERCI, JAX

Assis dans le bus, je suis encore sous le choc. L'annonce du départ de Noémie m'a assommé. On s'aime, c'est sûr et certain. Mais, quatre mois, c'est infini. Est-ce que notre amour va rester aussi intense, alors qu'on sera séparés tout ce temps-là par des milliers de kilomètres ?

— *Yo*, Henri. Ça va, *man* ?

C'est Jackson. Il vient d'entrer dans le bus, accompagné par une vague de collégiens habillés comme des petits hommes d'affaires.

— Ouais. Ça va…
— T'es sûr ? Ça a pas l'air.

Je lui explique la situation. Le départ de Noémie, tout ça. Quand j'ai fini, Jackson essaie de me rassurer :

— Tu sais, Henri, je comprends comment tu te sens. Mais je pense que tu t'en fais pour rien. Quand on vous regarde, toi et Noémie, c'est évident que vous êtes faits l'un pour l'autre.
— Hmm…

— Quatre mois, ça peut sembler long, mais ça va passer super vite. Si ça se trouve, ça va même vous rendre plus forts.
— Merci, Jax.
— Y a pas de quoi. Dans 10 ans, quand vous serez mariés, je te jure que tu ne t'en rappelleras même plus.

Je regarde Jackson en repensant à nos vieilles disputes. Son histoire avec Noémie. La fois où je les ai surpris au cinéma. Tout ça est loin derrière nous.

— Et toi, Jax, comment ça se passe avec Raphie ?

Son air change. Il a soudainement l'air embarrassé.

— Bof, on n'est plus ensemble depuis deux semaines.
— T'es sérieux ?
— Hmm… elle m'a envoyé un petit texto, et c'était fini. J'ai l'impression qu'elle voulait créer un buzz sur sa chaîne en annonçant la nouvelle. Je sais pas trop…
— Wow. Je suis désolé.
— C'est pour ça que je te dis que t'as de la chance. Noémie, c'est un trésor. Apprécie-le. Même si elle part pour quelques mois, c'est pas la fin du monde.

Jackson appuie sur la sonnette et le bus commence à ralentir.

— La semaine prochaine, mes parents vont à un festival tout le week-end, et je pensais faire une soirée tranquille chez moi. Viens, ça te changera les idées, une petite sortie entre mecs. Tu vas voir, on va s'éclater !

— OK ! Cool !

Jackson descend du bus. C'est drôle, il y a 15 minutes, je trouvais que ma vie était juste un concentré de pure boue infecte. Maintenant, grâce à mon vieux pote, je me sens presque mieux.

PETITE AMBIANCE FLORALE

Noémie part demain matin. Pour souligner notre dernière soirée ensemble, j'ai organisé un petit piquenique romantique dans ma chambre. J'ai poussé mon lit contre le mur, étendu une nappe par terre. J'ai allumé des bougies et utilisé un soupçon de Febreze au lilas pour créer une ambiance florale raffinée. J'ai trouvé une *playlist* de Saint-Valentin sur Spotify, versé du jus dans des verres à vin et cuisiné une recette de macaroni au fromage que j'ai trouvée dans le magazine *Cuisine actuelle* de ma mère.

Ce soir, mon amoureuse a encore repoussé les limites de la beauté. Son chignon est juste PARFAIT, elle s'est mis du mascara et peut-être même un peu de blush. Mais il y a autre chose. Un éclat spécial dans ses yeux. Comme si elle cachait quelque chose. De mon côté, je me suis brossé les dents au moins 20 fois. J'ai rasé ma moustache molle et je me suis badigeonné le visage avec la crème hydratante à la noix de coco de ma mère.

— Tu vas voir, No, après le dîner, je nous ai préparé une petite soirée *Dr House* que t'es pas prête d'oublier !

— Ah, OK… T'es sûr que tu veux regarder *Dr House* ?…

Encore ce petit sourire trop mignon. Elle ajoute :

— Je veux dire : c'est notre dernière soirée ensemble. On aurait pu simplement se coller, et… tu sais… déconner.

J'ai fini mon macaroni en un temps record. Dès que nos assiettes sont vides, je vais les porter dans la cuisine. Sur la terrasse, Benoit et ma mère sont installés avec une couverture et ils regardent le soleil se coucher derrière le centre commercial. Avant de redescendre, je vais dans la salle de bain et j'ouvre doucement le tiroir avec la méga-boîte de préservatifs. J'hésite. Et si j'avais mal compris le message de Noémie ? Peut-être qu'elle veut vraiment juste « déconner ». Regarder des vidéos et faire des blagues, dans une ambiance de franche camaraderie. Après un moment de réflexion, je finis quand même par prendre un préservatif dans la boîte. Elle est presque pleine, alors ça ne se verra pas. Quand je reviens en bas, les rideaux sont fermés. Assise sur mon lit, Noémie feuillette un manga. Je vais à côté d'elle pour voir à quelle page elle est arrivée.

— Goku est trop fort dans celui-là, tu vas voir. En plus, y a un super combat qui arrive.

Au lieu de répondre, Noémie referme le livre et m'embrasse sur la bouche. Lentement, la BD glisse sur sa cuisse et tombe par terre. On ne la ramasse pas, trop occupés à se dire « Je t'aime » dans la langue de nos langues. Mais quelque chose cloche. Le décor a beau être parfait, ce n'est pas comme la dernière fois. Je crève de chaleur mais, en même temps, mes mains sont glacées. Je ne peux m'empêcher de capter chaque bruit autour de moi. L'air dans mes narines, le *scouik* de mon matelas, le ventilateur de mon ordi. Je me lève pour aller remettre de la musique. Voilà. L'album de *The Voice 5* devrait réchauffer l'ambiance. Quand je me retourne, Noémie a le visage humide et tout chiffonné. Je me précipite à ses côtés.

— Ça va ? Tu pleures ?

Une mèche de cheveux est collée sur sa joue mouillée. Avec ses deux index, elle essuie le nuage de mascara qui lui noircit les yeux.

— Ça va… C'est juste que… Tu penses que ça va marcher, nous deux ? Avec le déménagement et tout ?

Je la serre contre moi, sa tête sur mon épaule.

— Noémie, bien sûr que ça va marcher, voyons. Pourquoi tu dis ça ?
— Je sais pas… Tu ne vas pas m'oublier ?
— Voyons, No. Comment je pourrais t'oublier ? T'es genre LA personne la plus inoubliable de l'univers.

Je repense aux paroles de Jackson, dans l'autobus.

— Tu sais, No, toi et moi, on est faits pour être ensemble.
— Tu penses ?
— J'en suis CERTAIN.
— Tu ne penses pas qu'on va en avoir marre de juste se parler sur Facebook et sur Skype ? Qu'est-ce qu'on fait si on n'a plus rien à se dire ?

Ses inquiétudes, je les comprends. Je les partage même un peu. Mais, aujourd'hui, pas question de laisser ça gâcher l'ambiance. C'est notre dernière soirée ensemble et c'est interdit d'être triste. J'ai soudain une idée.

— Je sais ! On va faire une liste !
— Une liste de quoi ?
— Une liste de règles. Les règles… de notre relation à distance !

Devant mon enthousiasme, Noémie rit et renifle en même temps. Je n'ai jamais rien vu d'aussi mignon.

LES CINQ RÈGLES DE NOTRE RELATION À DISTANCE

Henri + Noémie, c'est pour la vie

4 mois, c'est vite passé

Notre amour est plus fort que tout

Par Henri et Noémie

Le plus beau

Cette fille est incroyable

1. Être sincères et honnêtes. TOUJOURS.
2. Éviter les courts messages sans émotion, du genre « OK » ou « bye ». Celui qui les recevrait pourrait penser que l'autre est fâché et ça créerait des froids inutiles.
3. Se raconter TOUTES les choses importantes qui nous arrivent. Interdit d'avoir de secrets l'un pour l'autre.
4. La règle du TENNIS : Toujours attendre que l'autre réponde avant de lui écrire à nouveau.
5. TOUJOURS donner une réponse ÉQUIVALENTE au message reçu. Par exemple, si l'un se donne la peine d'écrire un message de 50 mots, l'autre ne peut pas lui répondre en seulement 5 mots. Sinon, c'est vache.

On se revoit à Noël xoxoxoxoxo

La distance n'aura pas raison de notre amour

JAMAIS !!!

Je t'aime, Noéminou

Moi plus, Henri chat

NOÉMIE REFAIT SON CHIGNON

J'ai ressorti mon ruban adhésif et collé nos règles officielles sur le mur au-dessus de mon ordi. Noémie est rassurée. Moi aussi. Et on est BEAUCOUP plus relax. La preuve, c'est qu'on s'embrasse sur le lit depuis au moins 15 minutes.

— Henri…
— Quoi ?
— Tu préfères pas éteindre la lumière ?
— Bonne idée…

Mais, au moment où je tends le bras vers ma lampe de chevet, j'entends frapper. Tout de suite, je crie :

— Une seconde !

Quand j'entrouvre la porte, le visage de ma mère apparaît devant le mien. Elle essaie de regarder derrière moi avec un petit sourire moqueur.

— Je suis désolé, les amoureux, mais Benoit s'en va. Peux-tu dire à ma belle chouette que c'est l'heure d'y aller ?

Ma mère referme la porte et je retourne m'asseoir sur le lit, à côté de Noémie. On se regarde avec un sourire gêné, puis, après un soupir de déception, elle attrape son élastique et refait son chignon.

Contre toute attente, quand on arrive en haut, c'est Benoit qui pleure à chaudes larmes dans les bras de ma mère. Elle le console :

— Chhhhh… ça va aller, mon amour… Chhhhh…

Dehors, je prends Noémie dans mes bras, une dernière fois. Elle approche ses lèvres de mon oreille et chuchote :

— On se revoit dans quatre mois… Je t'aime.

Pendant que le pick-up de son père recule dans l'entrée de garage, on ne se lâche pas des yeux.

TENTATIVE DE COMPLICITÉ : AVORTÉE

Alors qu'on roule vers chez Jackson, la pluie tombe presque aussi fort que le jet du nettoyeur haute pression que Benoit utilise pour laver son abri de jardin. La tête appuyée contre le coin de la fenêtre, je regarde les gouttes glisser sur la vitre. Ça fait déjà une semaine que Noémie est partie et, jusqu'ici, ça se passe plutôt bien. On s'est parlé tous les jours, sur Messenger ou Skype, et, chaque fois, c'était hyper naturel. Pas de malaise ni de malentendu. Juste des « je t'aime » et des fous rires. Encore une quinzaine de semaines comme celle-là et c'est réglé. Ma copine revient, on fête Noël en amoureux et on n'en parle plus. À la radio, les publicités viennent de commencer. Ma mère baisse le volume.

— Henri…

Ce sourire en coin, d'habitude, ça n'annonce rien de bon.

— Tu sais, l'autre soir, quand Noémie était à la maison et que j'ai frappé à la porte de ta chambre…
— Juste avant qu'elle parte ?
— Oui, c'est ça…

Elle se racle la gorge avant de continuer :

— Vous… étiez en train de regarder un film ?
— Oui, c'est ça. On regardait… euh… *Hunger Games*.
— Ah, OK…

Autre moment de silence.

— C'est juste que le tiroir de la salle de bain était ouvert, donc je me demandais juste si… euh… ben, si…

— Non, maman, Noémie et moi, on n'a pas fait l'amour, si c'est ça que tu veux savoir…
— Si tu ne veux pas parler de ta première relation sexuelle, je comprends tout à fait.
— Maman, je ne veux pas NE PAS en parler. Il ne s'est rien passé. Il n'y a pas eu de première relation sexuelle. Point.
— Tu sais, mon chou, j'ai déjà eu ton âge…
— Oui, m'man, je sais que t'as déjà eu mon âge. Je ne suis pas stupide.
— Ah, franchement, Henri, un peu de complicité mère-fils, ça n'a jamais fait de mal à personne…

LE CHAMEAU QUI RESSEMBLAIT À CHRIS PRATT

La maison de Jackson est toujours aussi luxueuse. Dans le couloir, près de l'escalier, des trophées tous identiques sont alignés sur une étagère. Sûrement des prix prestigieux remportés par son père. Pendant que j'enlève mes chaussures mouillées, trois filles débattent de la signification profonde de l'immense peinture abstraite qui est accrochée dans l'entrée.

Fille 1 : C'est un chameau.

Fille 2 : C'est clairement la représentation d'un sentiment de colère refoulée.

Fille 3 : Ça ressemble à Chris Pratt, vous ne trouvez pas ?

Dans la cuisine, quatre ou cinq personnes sont rassemblées autour d'un ordinateur portable. Elles se bidonnent en regardant une compilation de *fails** sur YouTube. Il y a un tournoi de *Super Smash* dans le sous-sol. Au salon, des gens sont rassemblés autour d'une pizza extra large et d'un sachet de frites. Dès qu'il me voit, Jackson sourit et se lève, essuyant ses doigts graisseux avec une serviette.

* *Fail* - Vidéo humoristique mettant en scène quelque chose qui a été raté (vidéo d'une chute par exemple).

— Les gars, Henri est là !

Jean-Robert vient me rejoindre, lui aussi.

— Salut, *man* ! C'est cool de te voir !

On se fait un câlin bien senti. Tam arrive devant moi avec un méga-morceau de pizza, posé sur un bout de carton déchiré.

— Tiens, *bro*, mange ça. Le pepperoni, ça rend joyeux. C'est prouvé.

THÉORIE # 34, SELON TAM « EINSTEIN » GAUTHIER-HUNG

Le pepperoni qu'on trouve sur une pizza stimule la production de sérotonine dans le cerveau. Cette hormone aide à soulager le sentiment de déprime chez l'adolescent.

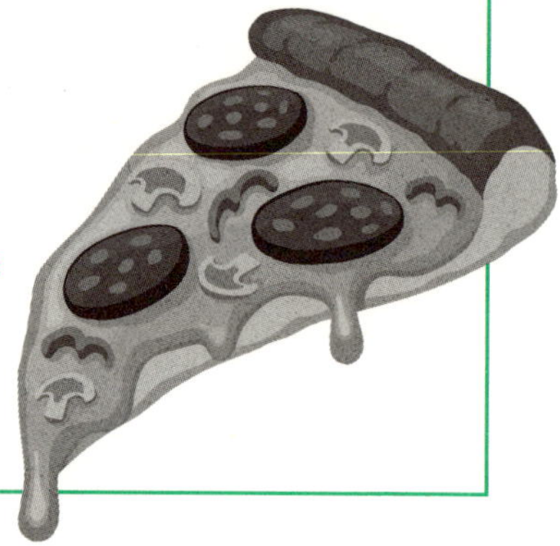

Pendant qu'un long filament de fromage s'étire entre ma bouche et mon morceau de pizza, Tam m'expose son plus récent projet :

— Cette année, moi et Jean-Bob, on va fêter Halloween ! Avoue que ça te tente de venir avec nous !
— Je sais pas, les gars. Il me semble qu'on est un peu vieux pour fêter Halloween.

— *Whaaat?* De quoi tu parles? Manger des bonbons, c'est un art qui se perfectionne avec les années. En plus, Jean-Bob connaît toutes les meilleures rues pour avoir un max de succulentes friandises. De la qualité ET de la quantité, si tu vois ce que je veux dire. Ça va être fou.

— Ouais, peut-être. On verra.

Tam me répond en hochant la tête:

— Y a pas de «on verra ça». Tu viens, point final. Ça va te faire du bien, *man*.

Jax avait raison. Être ici, avec mes potes, ça me change les idées. Pendant que Tam et Jean-Robert continuent de mettre au point leur plan bonbons, quelqu'un me touche l'épaule. Une fille dont le visage me dit vaguement quelque chose.

— Tu t'appelles Henri, toi, hein?

Son teint foncé et ses mini-tresses, nouées avec des rubans multicolores. Ses yeux, vifs et intenses comme des épées lasers. Ça y est, je la replace.

— Attends, je sais... Toi, tu t'appelles Clémentine! T'es monitrice au camp de vacances de ma sœur!

Et ce rire. Comme une explosion d'oiseaux. Un arc-en-ciel de feux d'artifice. Une claque de limonade.

ISHA

— Bon, pour commencer, tu vas m'appeler par mon VRAI nom. Clémentine, je n'en peux plus. Moi, c'est Isha. Enchantée !

Isha. C'est la première fois que je rencontre quelqu'un avec ce prénom-là. Ça sonne… bien.

— Donc… qu'est-ce que tu fais ici, Henri Bastien ? Tu ne devrais pas être en train de faire des vidéos ? Je veux dire : selon ta sœur, t'es quand même un COOL youtubeur.

Sa façon de dire « cool youtubeur ». On dirait qu'elle se moque de moi.

— Henri, je plaisante, voyons ! Fais pas cette tête-là. Sérieusement, tu connais Jackson ?
— Ouais, Jax, c'est un bon ami.
— J'adore ce gars-là. Il est tellement *MIGNON* !

Moment de silence.

— Comment va Charlie ?
— Elle va… bien.
— En tout cas, sa grève du silence pour protester contre les chansons obligatoires, c'était mémorable.

— Je suis vraiment désolé, elle est comme ça, des fois. Elle est assez… intense.
— Non, au contraire. C'est rare qu'on voie des enfants aussi engagés. C'est important dans la société, tu ne crois pas ?
— T'as peut-être raison. Je ne sais pas si ma mère est de ton avis, par contre…

Isha sourit.

— C'est sûr que ça doit être difficile à gérer des fois, mais je pense que Charlie, ça sera quelqu'un de bien, plus tard.

Après un autre court silence, Isha montre l'escalier du sous-sol.

— Bon, là-dessus, moi, je vais retourner en bas. Le tournoi de *Super Smash*, c'est de la bombe, tu devrais venir.
— J'attends Jackson, mais peut-être tout à l'heure…
— Comme tu veux. À plus tard, ténébreux youtubeur…

Elle a dit ça en souriant, avec un air mystérieux. Pendant qu'elle s'éloigne, Jackson arrive à côté de moi avec un verre couvert de buée.

— Orangeade *on the rocks** pour toi !
— Merci !
— Tu connais Isha ?
— Euh… oui… un peu. C'était la monitrice de…
— Ah non. C'est pas vrai.

Jackson a dit ça en regardant les deux personnes qui viennent d'entrer chez lui. Sa réaction veut tout dire. On jurerait qu'un missile a frappé sa maison.

* *On the rocks* - Cocktail avec des glaçons.

« What's up, bande de couilles molles ? Je m'appelle Turbo Ménard et je suis ici avec Will Triple Action. Aujourd'hui, guys, la Jackstrap Dynastie débarque dans une soirée ! On va ajouter un peu d'ambiance ici ! Woohoo ! »

On aperçoit la maison de Jackson en arrière-plan. Ryan marche jusqu'à la porte et l'ouvre doucement. Quelques personnes se tournent vers la caméra sans comprendre ce qui se passe. Dans le salon, on me voit à côté de Jackson, mon verre d'orangeade à la main. Ryan se dirige vers trois garçons qui se tiennent debout près de l'escalier. Il leur tend la main en souriant, prêt à se faire accueillir comme Ryder et sa Pat Patrouille dans une garderie.

« What's up, guys ?! Ça va ? »

Les gars lui rendent froidement sa poignée de main et échangent un regard méfiant. Turbo entame son exploration de la maison, mais une fille lui bloque le passage.

« Hé, il pleut dehors. Enlève tes chaussures, s'il te plaît. »

Turbo l'ignore et poursuit son chemin jusqu'au frigo.

« Bon, on va commencer par un petit rafraîchissement. T'as pas soif, toi, Will ? »

La caméra fait oui. Turbo attrape la bouteille d'orangeade qui est sur le plan de travail et en prend une longue gorgée. Il la passe ensuite à Will et s'adresse aux filles qui sont attroupées autour de l'ordinateur.

« Hey, les poulettes, ça baigne ? »

Les filles lui tournent le dos, et le cercle se referme. Turbo hausse les épaules et expulse un puissant rot, avant de se diriger vers les trophées du père de Jackson. Il en prend un et monte sur la table du salon.

« Mesdames et messieurs, c'est un honneur de recevoir le prix pour la meilleure chaîne YouTube au monde… Merci, merci… »

Jackson apparaît à côté de lui.

« Euh… excuse-moi, Ryan, c'est le trophée de mon père. Pourrais-tu le remettre à sa place ? »

Turbo l'ignore et continue de s'adresser à la caméra.

« Je voudrais remercier tous ceux qui m'ont supporté depuis le début... »

Jackson essaie de lui enlever le trophée des mains.

« Lâche ça ! Espèce d'imbécile ! »

Ryan le repousse et le Turbo Show se poursuit.

« À tous mes abonnés. Je vous aime !!! »

Snakespider

Hahahaha trop hilarant !!!!

J'aime Commenter

34

Nooki431

Je ne comprendrai jamais ce gars-là.

J'aime Commenter

Bouyabeille

Encore une vidéo INUTILE

J'aime Commenter

Maxime Gauthier

Belle maison $$$$

J'aime Commenter

Abonnés 1558

LLBoisvert

Une fille n'est pas une poulette.

J'aime   Commenter

DosPoilu11

« À tous mes abonnés, je vous aime » Lol.
Je me désabonne tout de suite.

J'aime   Commenter

71 👍

SwegLord

👎👎👎👎👎👎👎👎👎👎👎👎

J'aime   Commenter

LA QUALITÉ DÉCROISSANTE DE MES CADEAUX D'ANNIVERSAIRE

Pour souligner mon anniversaire, on s'est fait un petit-déjeuner festif en famille. Ma mère a acheté du mélange à pancakes, de la crème fouettée et des petits bonbons multicolores. Mon cadeau n'est pas encore prêt. Je devrais le recevoir cette semaine. En matière de cadeaux d'anniversaire, ma mère est capable du meilleur comme du pire. Ces dernières années, par contre, la tendance m'inquiète un peu.

GRAPHIQUE DE L'ÉVOLUTION DE MES CADEAUX D'ANNIVERSAIRE

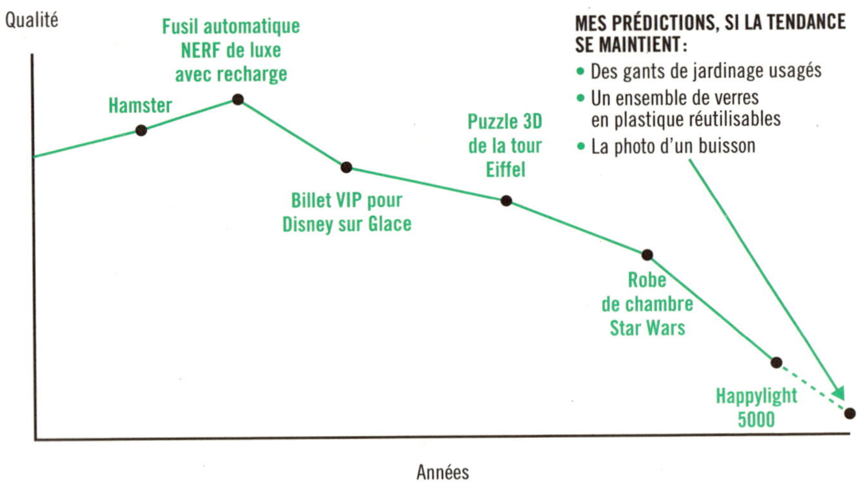

Après le petit-déjeuner, ma sœur sort ses crayons-feutres et passe la matinée à écrire des slogans percutants sur des grandes feuilles de carton. La semaine prochaine, elle organise une grève devant son école pour dénoncer le sexisme du surveillant du passage pour piétons.

— Maman, il y a des garçons plus jeunes que moi qui ont traversé, et le surveillant ne les a même pas aidés. Il aidait juste les filles. Comme si on était des êtres inférieurs !
— Charlie, Jim est surveillant à ton école depuis que t'as six ans. Tu le connais, il est juste un peu protecteur, ce n'est pas la fin du monde.
— Pardon ? Agir différemment avec une personne juste parce que c'est une fille, tu trouves ça acceptable ? Traiter les femmes comme des enfants, c'est une forme courante de domination masculine !

Ma mère soupire en se massant le front.

— Écoute, ma grande, fais comme tu veux, mais essaie de ne pas trop déranger le voisinage, OK ? Je n'ai pas envie de me retrouver au journal parce que ma fille s'est fait arrêter par la police.
— Au contraire ! Alerter les autorités et les médias, c'est une excellente façon d'attirer l'attention de la population sur nos enjeux. Merci pour ton idée, maman !

Je laisse ma sœur lutter pour un monde meilleur et je descends dans ma chambre. Quand j'arrive sur Facebook, Noémie est déjà en ligne.

MILK SHAKE, LE CHAT HYPOTHÉTIQUE

— Bon anniversaire, Henrichaton !!!

Noémie a installé l'ordinateur de son père sur leur balcon. Derrière elle, je vois un bout de sa maison et un gros sapin.

— Alors, c'était comment chez Jackson ?
— C'était vraiment cool. En tout cas, jusqu'à ce Turbo débarque…

Je lui raconte l'histoire. Comment les deux abrutis ont débarqué chez Jackson. Turbo qui a récité son stupide discours de remerciement pendant mille ans alors que PERSONNE ne trouvait ça drôle. Comment lui et Will se sont sauvés avec une pizza au complet et un soutien-gorge de la mère de Jackson. Quand j'ai fini, Noémie s'approche de son ordi et regarde droit dans la caméra.

— Je suis vraiment contente de te parler. Tu me manques.

Elle sourit et ajoute :

— J'ai pensé à un truc. Toi, est-ce que t'aimes les chats ?
— Je n'ai rien CONTRE les chats, personnellement. Pourquoi ?
— Je me disais que, dans quelques années, quand on habitera ensemble, on pourrait avoir un minou tout blanc, tout touffu ! Tu sais, les grosses boules de poils ? On pourrait l'appeler Flocon.
— OK pour le chat, mais, pour le nom, faudrait trouver un truc plus drôle comme… Milk Shake.

Elle éclate de rire.

— Hahahaha ! Milk Shake ! C'est n'importe quoi ! On ne peut pas appeler notre chat Milk Shake, franchement.
— Pourquoi pas ?
— Je sais pas. C'est pas un nom de chat.
— OK, mais c'est quoi, un nom de chat ?
— Henri, ne fais pas semblant de ne pas comprendre.
— Et toi, ne fais pas semblant que t'es une experte en noms de chat !
— Voyons, Henrichaton… ne le prends pas comme ça.

Elle a raison. Qu'est-ce que j'ai à m'énerver au sujet d'un chat ? Un chat hypothétique, en plus.

3 MAUVAISES raisons de s'inquiéter

3. Quand tu crois que ton ami est fâché contre toi parce qu'il ne répond pas à un texto, alors qu'en réalité, il n'a jamais reçu le message parce que tu as oublié de cliquer sur « envoyer ».

2. Quand tu crois que tu as un gros nez alors que ton nez est tout à fait dans la moyenne.

1. **Un chat hypothétique**

— Excuse-moi, No. Je sais pas ce que j'ai, je…

— Pas grave. T'es peut-être un peu fatigué à cause d'hier soir.

Pour me convaincre que ce petit accrochage est derrière nous, Noémie s'approche un peu plus de sa webcam. Ses mots sont encore plus sucrés qu'un Mister Freeze. Et aussi doux qu'une joue de bébé.

— Je t'aime.

J'AURAIS PRÉFÉRÉ CHANTER DU MIKA EN PETITE CULOTTE

Aujourd'hui, madame Sylvestre nous a enseigné sa méthode d'autocorrection obligatoire.

L'AUTOCORRECTION EN 157 ÉTAPES FACILES :

1. Encadre tous les groupes nominaux en vert
2. Souligne les groupes verbaux
3. Fais une flèche orange jusqu'au complément direct
4. Place les groupes prépositionnels entre parenthèses
5. S'agit-il d'un verbe attributif ?
6. Le CD est-il placé avant ou après le participe passé ?
7. Identifie l'auxiliaire
8. Vérifie les majuscules
9. Dessine un petit nuage mauve autour des groupes adjectivaux
10. Fais une étoile autour du groupe sujet
11. Fais une flèche vers le groupe sujet
12. N'oublie pas les accents
13. Mets un point d'interrogation au-dessus des mots difficiles

(...)

155. Touche ton oreille avec ta langue
156. Marche sur les mains en récitant l'alphabet russe à l'envers
157. Dessine huit pigeons à tête de loup

Quand la cloche sonne, ma feuille est tellement barbouillée que j'arrive à peine à lire ce qui est écrit dessus. Sans parler de mes doigts multicolores que je vais devoir tremper dans le solvant en arrivant chez moi.

— Henri, je peux te parler une seconde ?

Madame Sylvestre attend que la classe soit vide, puis s'adresse à moi avec un air grave :

— Henri, j'ai une mauvaise nouvelle... Je viens d'avoir un message de la direction. Carl a attrapé une mononucléose. Il va être absent pour au moins deux mois.
— Oh... OK, c'est triste pour lui...
— Ryan Ménard n'a toujours pas de coéquipier pour la chanson. Qu'est-ce que tu dirais de te mettre avec lui ?
— Ben... euh... En fait... euh... je sais pas trop...

La vérité, c'est que je préférerais chanter du Mika en petite culotte devant toute l'école plutôt que de me mettre en équipe avec Ryan.

— Tu sais, Henri, ça ne se voit pas toujours, mais Ryan est un gentil garçon.

Ça ne se voit VRAIMENT PAS, non.

— Ça va être bon pour lui d'avoir un partenaire travailleur comme toi. Le français, ce n'est pas sa matière forte...

Ryan Ménard a-t-il une matière « forte » ? Même en éducation physique, il oublie ses vêtements une fois sur deux et il tient sa crosse de hockey comme s'il avait un tronc d'arbre dans les mains.

— Je suis désolé, madame Sylvestre, mais j'aimerais vraiment mieux faire l'exposé tout seul. Si ça ne vous dérange pas…

Elle réfléchit un moment et revient à la charge :

— Henri, j'ai un marché à te proposer…

La dernière fois que j'ai fait un marché avec un adulte, c'était avec monsieur Blanchette et je le regrette encore.

— Si tu acceptes de te mettre en équipe avec Ryan, je serais prête à… te donner...

« JAMAIS » N'EST PAS DANS LE CHOIX DE RÉPONSES

Arrivé dans le couloir, je me fais tout de suite interpeller.

— Alors, OMG, quoi de neuf ?

Ryan Ménard est adossé au mur, juste à côté de la porte du local – la porte qui est restée ouverte pendant toute ma conversation avec madame Sylvestre…

— Ne t'inquiète pas, OMG, moi non plus, ça ne me tentait pas de me mettre en équipe avec toi. C'est la folle qui m'a forcé.

Pendant que j'essaie de cacher mon malaise, Ryan ajoute :

— On fait ça quand ? Ce soir ? Demain ?

SI JE PEUX
ME PERMETTRE
JE NE TROUVE PAS
LA CASE « JAMAIS »
DANS LE CHOIX
DE RÉPONSES

— Écoute, OMG, j'ai pas plus envie que toi de faire ce travail-là. Moi, je dis qu'on s'en débarrasse au plus vite.

Là-dessus, Ryan marque un point.

— Ouais, OK.
— Bon, demain, tu es dispo ?
— Euh… OK. On fait ça où ? À la bibliothèque ?
— Hahahahaha ! OMG, t'es trop drôle. J'ai jamais mis les pieds dans une bibliothèque, et c'est certainement pas demain que ça va commencer. Passe chez moi après le dîner. Mes parents seront contents de me voir travailler pour l'école. Ces temps-ci, ils me font chier avec ça, je te jure.

Ryan ramasse son sac et commence à marcher vers l'agora. Juste avant de tourner le coin, il crache dans la fontaine à eau.

L'HOMME AU MICRO POILU

Aller chez Ryan n'est pas la perspective la plus emballante qui soit, mais c'est certainement moins pire que de l'inviter chez moi. Après l'école, je descends du bus avec un seul objectif en tête :

Mais, en ouvrant la porte, je comprends tout de suite que cet ultime moment de détente sera pour une prochaine fois.

— SURPRISE !!!!

En premier, je me dis que c'est sûrement un anniversaire surprise préparé par ma mère. Le seul hic, c'est qu'à part elle et ma sœur, je ne reconnais personne. La dizaine d'adultes qui m'accueillent sont de parfaits inconnus. Ils tapent dans leurs mains en me regardant comme si je venais de réussir un exploit remarquable. Genre le grand écart ou un mouvement de hula-hoop vraiment sensass. Un caméraman pointe son appareil vers moi pendant que ma mère vient me serrer dans ses bras.

— Bon anniversaire, mon grand !

Un homme est avec elle. Mi-vingtaine, casquette à l'envers, avec des vêtements de « jeune ». Je crois l'avoir déjà vu à la télé.

— Salut, Henri, ça va bien ?!

Il place son micro GÉANT couvert de longs poils roses juste devant ma bouche.

— …
— Tu sais pourquoi on est ici ?
— Euh… non… pas vraiment…
— Pour ton anniversaire, ta mère t'a inscrit à l'émission *Chambre de dingue* !!! Aujourd'hui, pendant que t'étais à l'école, on s'est introduits dans ta chambre et on a refait la déco au complet !
— …

— Avoue que c'est dingue !!! As-tu envie d'aller voir ça ?
— Oui, OK… Bonne idée.
— Comment tu te sens ? Es-tu excité ?

Je descends les escaliers, suivi par ma mère, ma sœur, l'homme au micro poilu et toute l'équipe de l'émission. Je me sens comme à Noël, quand je déballe un cadeau devant tout le monde. Cette pression pour avoir l'air content. Exposant 1000. La porte de ma chambre est fermée. Je prends une grande respiration et j'entre.

Étrangement, la seule chose à laquelle je pense en ce moment, c'est à ma mère. Elle a dû se donner tellement de mal pour arranger tout ça. Monter un dossier, envoyer ma candidature, régler tous les préparatifs en cachette. Pour ne pas la décevoir, il faut absolument que j'aie l'air d'adorer.

— *Oh my God!* C'est vraiment cool!
— T'es content, Henri? Ça te plaît?
— Wow, carrément!

J'ai déjà vu des chambres semblables à celle-là.

Trois murs sont mauve flash, avec une grosse bande argentée au milieu. Je dois maintenant grimper sur une échelle pour atteindre mon lit. En dessous, ils ont fait un coin «vidéo» avec un background branché. Il y a deux spots d'éclairage avec des filtres de couleur. J'ai une authentique chaise de *gamer*

vert lime. Et ce qui est cool, c'est que l'écran de mon ordi est orienté vers le fond de ma chambre. Comme ça, une personne qui entre ne peut pas voir ce que je suis en train de faire. L'idée est bonne, j'avoue. Mais la pièce maîtresse, c'est le mur tout gris, avec un gros graffiti dessus.

C'est vraiment… Comment dire ? Ça fait bizarre. Je me sens comme si on avait vidé ma garde-robe pour la remplir avec des vêtements qui ne m'appartiennent pas. Toujours à mes côtés, ma mère est émue. Je lui fais un câlin.

— Merci, m'man.
— Pour mon youtubeur préféré…

Des larmes ont commencé à couler sur ses joues.

L'équipe de *Chambre de dingue* a remballé son matériel. Avant de partir, l'animateur au micro poilu m'a suggéré de faire un *vlog* sur un sujet de mon choix, où je présenterai en même temps mon nouveau background à mes abonnés. La vidéo sera publiée sur ma chaîne, mais aussi sur la page Facebook de *Chambre de dingue*, qui compte presque 17 000 likes. C'est une chance incroyable de rejoindre mon public et de faire exploser mes *views*. J'ai déjà mon sujet. Un top 5 des plus beaux backgrounds sur YouTube. J'allume mon ordi et je me mets à la recherche de candidats pour mon top 5. C'est facile, il y en a plein. Quand ma liste est prête, je vais me placer devant la caméra.

« What's up, *tout le monde, ici HENRI Oh my God !!…* »

Je viens à peine de commencer et je sais déjà que ça ne marchera pas. Pourtant, le sujet est bon, ce n'est pas ça, le problème. Le problème, c'est moi. L'enthousiasme n'est pas là.

Je sonne faux. J'éteins la caméra et je reste assis devant l'immense graffiti qui recouvre le mur de ma chambre. En fait, il est super cool. Dans l'ensemble, la déco est même franchement réussie. Mais c'est une chambre de youtubeur. Et je n'ai produit aucune vidéo depuis près de deux mois. Il y a longtemps que je ne mérite plus ce titre.

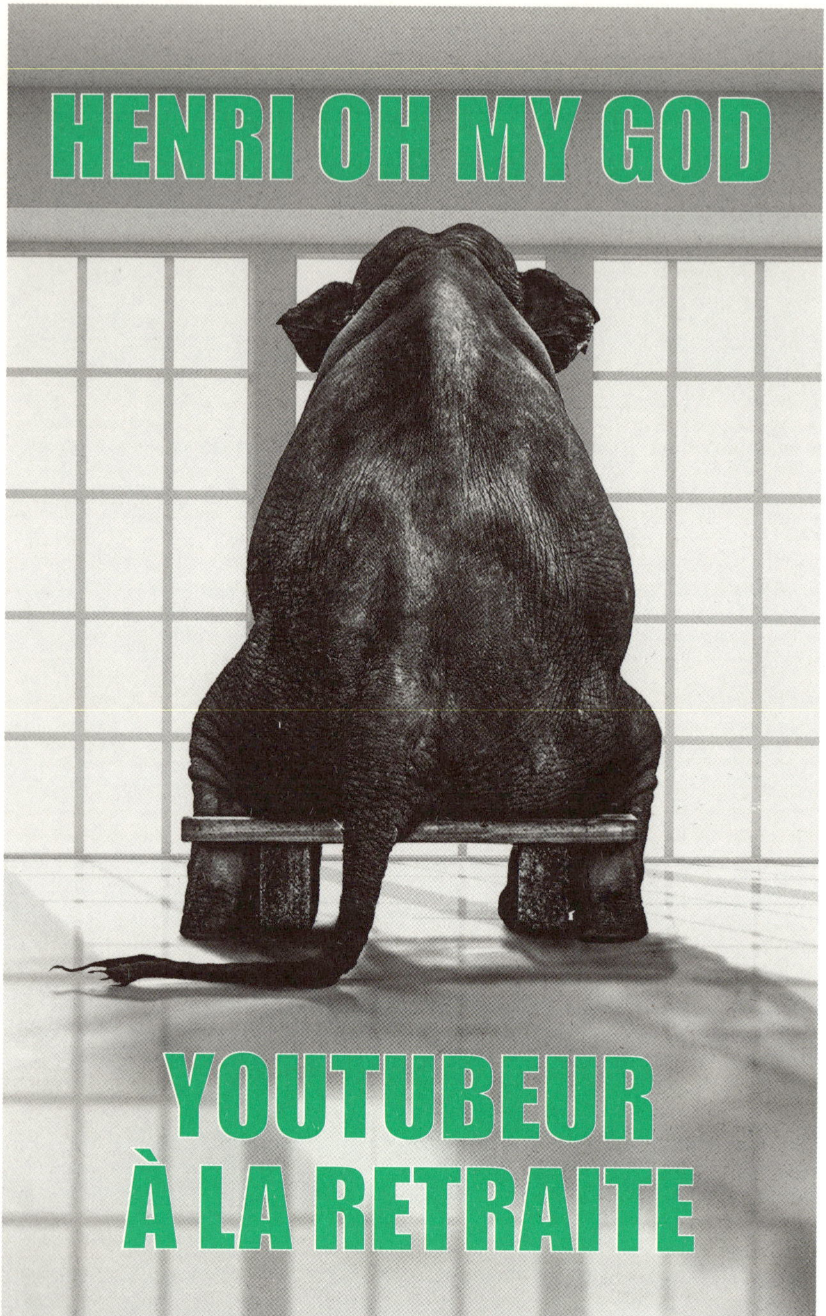
HENRI OH MY GOD
YOUTUBEUR
À LA RETRAITE

ET SI TU NOUS PARLAIS DE TES FLATULENCES ?

En se rendant à son cours de danse, ma mère me dépose chez Ryan. Pour s'occuper jusqu'au retour de Benoit, elle s'est inscrite à des cours de hip-hop urbain, catégorie 35 ans et plus. Le spectacle final aura lieu juste avant Noël et elle a super hâte de montrer à Benoit le fruit de son travail. Elle va lui faire la surprise à son retour. Tante Lucie s'est inscrite aussi. Quelques mouvements de danse hip-hop en compagnie de séniors qui n'ont pas perdu la main, ça va assurément lui changer les idées. En fait, ça va nous faire du bien à tous. Depuis que monsieur Blanchette a poliment repoussé ses avances, elle le traque sans relâche sur Facebook. C'est lourd.

DERNIÈRES INTERVENTIONS DE TANTE LUCIE SUR FACEBOOK

Publication de Pierre Blanchette
Souriez à la vie. Elle vous sourira en retour!
heureux
24 👍 1 ← TANTE LUCIE

Publication de Pierre Blanchette
Boire une eau minérale en écoutant Mozart. Les petits plaisirs de la vie! reconnaissant

> **Tante Lucie**
> Déprimant!

Publication de Pierre Blanchette
J'adore le goût subtil et raffiné du chou de Bruxelles! gourmand

> **Tante Lucie**
> Et si tu nous parlais de tes flatulences?

C'EST N'IMPORTE QUOI

La maison de Ryan ressemble à une cabane à oiseaux géante perdue dans un carré de sable. Une échelle est appuyée à un mur complètement couvert de papiers du Brico Dépôt. Deux fenêtres sont bouchées avec des feuilles de plastique transparent. Toutes sortes de choses traînent dans le jardin. Une brouette, des crosses de hockey, un ballon de basket à moitié dégonflé, deux balançoires brisées. Une moto de cross orange fluo est posée par terre, à côté d'une niche pour chien. Au fond, près de la clôture, une voiture sans roue est juchée sur quatre blocs de ciment.

La porte s'ouvre et un gars avec une queue de cheval et un maillot de basket apparaît devant moi. Ses bras sont musclés et il tient une canette de Monster. Je lui donne 17 ou 18 ans. Avant de parler, le gars prend une longue gorgée et lâche un gros rot.

— On peut t'aider ?
— Ryan est-il là ?

Il se retourne et crie :

— Hey, p'tit con ! C'est pour toi !

En attendant que Ryan arrive, le gars reste là et me regarde de la tête aux pieds.

— Donc t'es dans la classe de mon frère ?
— Ouais.
— Avoue que c'est vraiment un attardé.

Ryan arrive derrière lui.

— Hey, Henri, ça va ?

Son frère ajoute :

— Ton ami était en train de me dire à quel point t'es nul à l'école.

Ryan ne répond pas. Il me dit simplement :

— On va descendre. L'ordi est dans le sous-sol.

On se dirige vers l'escalier pendant que le grand frère de Ryan continue de rire tout seul dans le salon. Sans grande surprise, le sous-sol est un peu à l'image du jardin. Il y a des trucs partout, c'est n'importe quoi. Un filet de hockey devant un mur criblé de trous, la série complète de *Fast and Furious* en DVD, des lunettes de natation sans élastique, trois battes de baseball, une console Nintendo 64 couverte de poussière. Un gros chien noir dort sur le sofa, la gueule ouverte. Le seul endroit qui est en ordre, ici, c'est le coin sport. Ryan est déjà là.

— Et toi, OMG, combien tu soulèves ?
— Euh… je sais pas trop.
— Mon frère a déjà soulevé 100 kilos. Je l'ai filmé, tu veux voir ?
— Non merci.

Ryan se couche sur le banc d'exercice et commence à soulever son haltère. Je ne sais pas quoi faire. Il m'a invité pour que je le regarde s'entraîner ou quoi ? En attendant qu'il ait fini, je vais m'asseoir à l'ordi. À côté de l'écran, il y a une bouteille de Coca vide et une assiette remplie de petits os de poulet. Et que dire du clavier, tout collant et saupoudré de particules non identifiées ?

LES 5 CHOSES LES PLUS DÉGUEU DU MONDE

5. Les baskets de Benoit après son jogging
4. Les chaussettes de Benoit après son jogging
3. Les slips de Benoit après son jogging
2. Benoit après son jogging
1. Le clavier d'ordi de Ryan

— Euh… Ryan. On commence le tra…
— Oui, oui. Attends deux secondes.

Ryan soulève son haltère encore cinq ou six fois, puis il se relève et vient vers moi en se massant les pectoraux.

— Bon, je suis prêt. On fait notre chanson sur quel sujet ?
— Je pensais qu'on pourrait prendre la règle de la cédille.
— Le petit truc en dessous du « c » ?

— Exact.
— Bonne idée.

Mais je n'ai pas encore écrit le titre du travail que Ryan est déjà au *punching bag.*

— Regarde ça, OMG ! Jab Jab direct... boum boum... BOUM !

Une alerte Facebook apparaît à l'écran. Par réflexe, je clique sur le message.

Message envoyé par Catherine Viau-Bourque
Ryan, t'es vraiment une merde. Rire d'une pauvre femme blessée... T'as pas honte ?

Au même moment, Ryan m'interpelle depuis le *punching bag* :

— Hey, Henri, regarde ça ! Crochet du gauche dans la face, mon gars !

Il continue son furieux combat contre le sac de sable et je referme le message. J'essaie de me remettre au boulot, mais je suis tout de suite interrompu par deux autres notifications. Je regarde Ryan du coin de l'œil. Bon, j'en ai lu un, alors, techniquement, je suis déjà coupable. Qu'est-ce que ça change si j'en lis un deuxième ? Le mal est fait, non ?

Message envoyé par Sylvio Valdez
Les gens comme toi, ça ne devrait pas exister.

Message envoyé par Michaël Ayotte
On connait ton école et on sait où t'habites…
Tu ferais bien de faire attention.

Ryan termine une série de coups de poing et quitte le *punching bag* à bout de souffle. Je m'empresse de cliquer sur le X pendant qu'il se penche par-dessus mon épaule. Le document Word apparaît juste à temps. Une page blanche.

— Henri, ça avance pas vite !

— …

— Ben non, je rigole ! Hahaha ! Bon, on se fait un petit concours de pompes ?

LE TRAVAIL D'ÉQUIPE SELON MADAME SYLVESTRE
LA RÉALITÉ

UNE FEMME NUE CACHÉE DANS LE TIROIR À CHAUSSETTES

Quand on s'est finalement mis au travail, John (le frère de Ryan) est descendu et nous a ordonné de lui laisser l'ordinateur pour qu'il puisse jouer à son jeu. Turbo ne s'est pas fait prier. Il avait même l'air soulagé d'avoir ENFIN une bonne excuse pour ne pas travailler. On est allés dans sa chambre. Il m'a montré une photo de la moto qu'il veut s'acheter quand il aura 16 ans et une affiche de femme toute nue cachée dans son tiroir à chaussettes. Après, ma mère est arrivée pour venir me chercher.

Quand je reviens chez moi, je me fais un bol de céréales et je vais directement sur Facebook. D'un côté, je trouve ça triste que Ryan reçoive autant de haine pour ce qu'il a fait. En même temps, quand tu produis des vidéos aussi stupides, tu dois t'attendre à des réactions de ce genre. Je dirais même que c'est pleinement mérité. Tout à l'heure, quand j'ai ouvert sa boîte de réception, quelques noms me sont restés en tête. En parcourant le profil de ces *haters* *, je découvre qu'ils font partie d'un groupe Facebook appelé « Les militants contre la stupidité ». Un titre qui me semble étrangement familier. Il y a aussi un lien vers un site internet. Une espèce de blog avec un texte en page d'accueil.

* *Haters* - Personnes qui passent leur temps à dénigrer quelqu'un via internet (sur les réseaux sociaux ou les forums par exemple).

REFUS GLOBAL DE LA STUPIDITÉ SUR INTERNET

Aujourd'hui, je dis **NON**.
NON à la stupidité sur internet
NON à la stupidité pour faire rire les autres
NON à la stupidité pour avoir des views
NON à la stupidité pour être COOL
NON à la stupidité sous toutes ses formes

Aujourd'hui, je dis **NON**.
NON à se moquer des gens qui se blessent
NON à se moquer des gens qui pleurent
NON à se moquer des handicapés
NON à se moquer des gens qui ont
de la difficulté ou qui sont différents
NON à se moquer des gens pour
se sentir supérieur à eux

Aujourd'hui, je dis **NON**.
NON aux blagues stupides
NON aux challenges stupides
NON aux vidéos stupides
NON aux youtubeurs stupides
NON à RYAN TURBO MÉNARD

Article écrit par : Charlie Bastien

1356 👍 28 ↷

FAIS PAS TA FEMELLE

Ça fait un mois que je me prépare pour l'examen de badminton, et le grand jour est enfin arrivé. Mon service est chirurgical et mon smash, plus dévastateur que jamais. Toute note inférieure à A+ serait une grande déception.

LES PILIERS DE MON ESTIME DE MOI

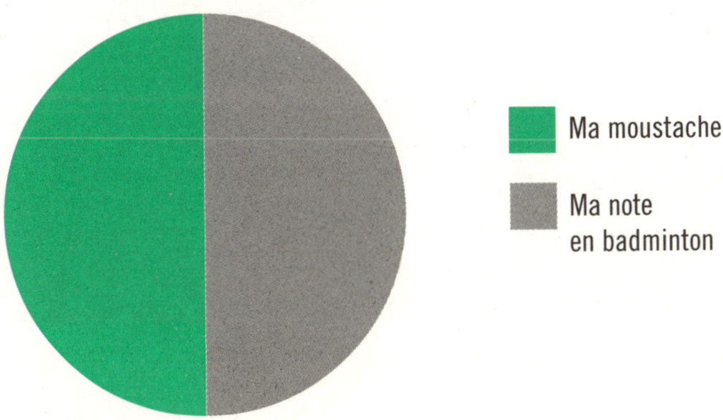

Mais, pour jouer à la hauteur de mon potentiel, il me faut ABSOLUMENT la raquette jaune fluo avec le manche gris. La meilleure raquette de badminton de toute l'école. Pour ça, j'ai un plan. Pendant que monsieur Nadeau explique les consignes, je me rapproche subtilement du local où est rangé le matériel. Dès que le signal est donné, je fonce vers la boîte de raquettes pour être certain d'arriver le premier.

Alors que je célèbre intérieurement le succès de ma stratégie, quelqu'un entre dans la pièce en courant. C'est Ryan.

— Hey, OMG, ça va ? Hahahaha !
— Qu'est-ce que tu fais ?

Au lieu de répondre, il ferme la porte. Au même moment, j'entends monsieur Nadeau de l'autre côté :

— Les gars ! Ouvrez la porte tout de suite !

Ryan me regarde en riant. Je crois qu'il espère que je vais rire, moi aussi. Dehors, monsieur Nadeau frappe sur la porte.

— Ryan, Henri ! Si à trois, vous n'êtes pas sortis de là, il y aura des conséquences !

Au lieu d'ouvrir, Ryan s'assoit comme un pacha sur un sac de ballons de football.

— Ryan, pourquoi tu n'ouvres pas la porte ?
— Ça va être drôle. Fais pas ta femelle.

Enseignant	Gilbert Nadeau
Cours	Éducation physique
Motif	Avoir perturbé le cours, malgré mes avertissements
Sanction	RETENUE
Commentaire	Attention aux mauvaises influences

Signature : Gilbert Nadeau

Gilbert Nadeau

BROSSE TON REVERS !

En plus de me coller une retenue, monsieur Nadeau a été deux fois plus sévère avec moi à l'examen de badminton. Pendant le match, il était constamment sur mon dos et n'arrêtait pas de répéter des trucs comme :

« Ton lob manque de tonus ! »
« Ton smash n'est pas assez méchant ! »
« Brosse ton revers ! Brosse ton revers ! »

Quand j'arrive chez moi, tout ce que j'ai envie de faire, c'est enlever mes chaussettes et regarder un film en prenant un bain de pieds. Malheureusement, ma mère a d'autres projets. Elle est assise dans le salon et elle m'attend.

— Henri, viens ici, s'il te plaît.

Une retenue, c'est grave et j'appréhende un châtiment majeur. Le fouet, la chaise électrique ou être forcé d'écouter du Mika pendant 24 heures non-stop. Je pose timidement mes fesses sur le coin du sofa et je fixe le bac à revues sous la télé.

— Sérieusement, m'man, c'était pas de ma faute…
— Henri, regarde-moi quand tu me parles.

Je relève la tête et attends silencieusement sa sentence.

— Je suis fier de toi, mon grand.
— Pardon ?
— Henrichou, tu affirmes ton caractère et c'est tout à fait normal.
— M'man, je comprends, mais c'est pas ça. Là, j'ai carrément rien f…
— Enfin ! Il était temps que tu te rebelles un peu ! L'adolescence, ça serait quoi sans quelques bonnes retenues bien méritées, hein ? Bon, où est-ce que j'ai mis mon stylo ? J'ai deux mots à lui dire à ce prof-là…

Elle se met à fouiller du bout des doigts dans le panier de télécommandes.

— Ta toute première retenue ! Je suis TELLEMENT fière de toi !

Enseignant	Gilbert Nadeau
Cours	Éducation physique
Motif	Avoir perturbé le cours, malgré mes avertissements
Sanction	RETENUE
Commentaire	Attention aux mauvaises influences

Signature : *Gilbert Nadeau*

Gilbert Nadeau

Mon fils a quinze ans...
Il s'oppose à l'autorité et c'est tout à fait normal. Je suis désolée que cela ait perturbé votre cours, mais il faut s'attendre à cela avec des ados.

Anne Francœur

Message envoyé par Noémie Audet St-Jean
Salut Henri,
J'espère que tu vas bien. Moi, ça va... Être ici, ça me fait réaliser plein de choses. Tu me manques vraiment. Je repense souvent à notre été ensemble. Je veux te dire MERCI de n'avoir jamais arrêté de m'aimer et de vouloir qu'on soit ensemble. Même quand j'étais toute perdue à cause des parents. Même quand je te disais que c'était impossible qu'on soit un couple. Toi, t'as continué de croire en nous. Je t'admire pour ça, Henri. Maintenant je réalise encore plus à quel point t'es important pour moi. J'ai vraiment hâte de revenir pour découvrir encore plein de trucs avec toi. Mais je ne veux pas causer de malaise 😉 Je t'aime à l'INFINI! Ta petite Noéminou (lol).

PS : Mon amie (enfin, presque amie) Lisa a un chat qui s'appelle Nuage. C'EST TROP MIGNON !!!

OMG!

Message envoyé par Henri Bastien
Wow, mon amour, je suis SUPER ÉMU ! ❤❤
Je te réponds demain 😉 Promis ❤❤

Message envoyé par Noémie Audet St-Jean
Pas de stress. Prends ton temps. Je sais que mon message était long, mais j'avais trop envie de t'écrire. Tu me manques vraiment. Bonne nuit !

OMG!

Message envoyé par Henri Bastien
Bonne nuit ! ❤❤

HENRI S'ENFONCE DANS LA SPIRALE DE LA DÉLINQUANCE

Pendant une heure et demie, j'ai recopié la page 571 du dictionnaire en compagnie des pires voyous de mon école.

Quand je sors enfin du local de retenue, j'ai la main en feu. Je crois même avoir aggravé une vieille tendinite qui date de l'époque où je jouais beaucoup trop au tennis sur la Wii. Alors que je traverse l'agora en me massant la paume, quelqu'un crie mon nom. Je me retourne et je vois une fille qui court vers moi. Elle porte un t-shirt bordeaux et un short bleu marine.

— Hey, Isha, qu'est-ce que tu fais là ?

Elle sourit en reprenant son souffle.

— On vient de jouer un match contre l'équipe de ton école. Et toi, tu fais quoi ?
— Je viens de finir ma retenue.
— Oh ! Monsieur est un *bad boy*.
— Ce n'est pas ce que tu penses.
— Tu prends quel bus, monsieur le caïd ?
— Le 113.
— Ah, OK…
— Et toi ?
— Le 67, en face de la pizzeria…

— En tout cas, c'était cool de te voir au lycée…
— Vraiment.
— Bon ben… salut.

Je commence à marcher vers mon arrêt de bus.

— Henri !

Je me retourne.

— Est-ce que tu as faim ? Si tu veux, je te paye un morceau de pizza.

PENSER PAR SOI-MÊME

Dix minutes plus tard, on est assis face à face, séparés seulement par deux grands triangles de pâte cuite, un peu de sauce tomate et du pepperoni.

— Et alors, tu as gagné ? Le match contre mon école, je veux dire. On vous a bien battus, j'espère.

Elle sourit.

— Je ne veux pas te vexer, Henri, mais en matière de sport, vous ne faites vraiment pas le poids. Ton directeur a l'air de s'occuper plus de son style vestimentaire que des compétitions interscolaires.

J'éclate de rire au moment précis où je mords dans mon morceau de pizza. Mon nez s'enfonce dans le fromage et je l'essuie avec une serviette.

— Ghnfff…

Par la vitrine du restaurant, j'aperçois Turbo qui sort de l'école. On dirait un prisonnier qui vient enfin de retrouver sa liberté. Alors que Ryan marche dans le parking, quelque chose d'étrange se produit. Cachées derrière une voiture, trois personnes portant des masques de clown apparaissent devant lui. Elles lui lancent des œufs pendant qu'il se protège du mieux qu'il peut avec ses bras. Quand leurs munitions sont épuisées, les trois clowns disparaissent en courant. Turbo reste seul dans le parking, à faire l'inventaire des taches de jaune d'œuf sur ses vêtements. Assise devant moi, Isha a tout vu.

— Oh, c'était violent, ça !
— Wow. C'est sûr !
— Pauvre Ryan…
— Tu le connais ?
— Qui ne connaît pas Turbo Ménard ? Depuis sa célèbre vidéo…
— Donc, t'as vu son *prank*. Tu ne penses pas qu'il mérite un peu ce qui lui arrive ?
— Je ne sais pas si quelqu'un peut « mériter » de se faire lancer des œufs en sortant de l'école… Même quelqu'un qui fait des conneries, comme ça, tout le temps. Au fond, je trouve surtout qu'il fait pitié.

Isha se lève en agitant son assiette vide.

— Bon, j'ai encore un petit creux. Tu veux un autre morceau ?
— Nah. Ma mère sera fâchée si je n'ai plus faim pour le dîner. Mais merci.

J'observe Isha pendant qu'elle commande son deuxième morceau de pizza. La vivacité de ses gestes quand elle montre celui qu'elle veut. Le réseau de petits plis qui se forment sur son front quand elle compte sa monnaie et l'immense sourire qu'elle offre au caissier lorsqu'il lui tend son assiette. Isha revient s'asseoir et on continue de parler. Elle me raconte son enfance en Inde avec ses parents. Leur arrivée en France quand elle avait huit ans. Et ce que ses voyages lui ont appris.

— Ça m'a permis de voir qu'il n'existe pas qu'UNE façon de vivre. Tu comprends ? Comme ici, par exemple. Les gens regardent les mêmes émissions de télé, écoutent les mêmes chaînes de radio, font leur shopping aux mêmes endroits. Ils finissent donc tous par se ressembler un peu.

— C'est normal, non ?

— Oui. Et ce n'est pas un problème. Sauf que, des fois, ça fait du bien de faire les choses autrement. À sa façon. Sans se préoccuper des autres et de ce qui est normal. Tu comprends ? Juste… penser par soi-même.

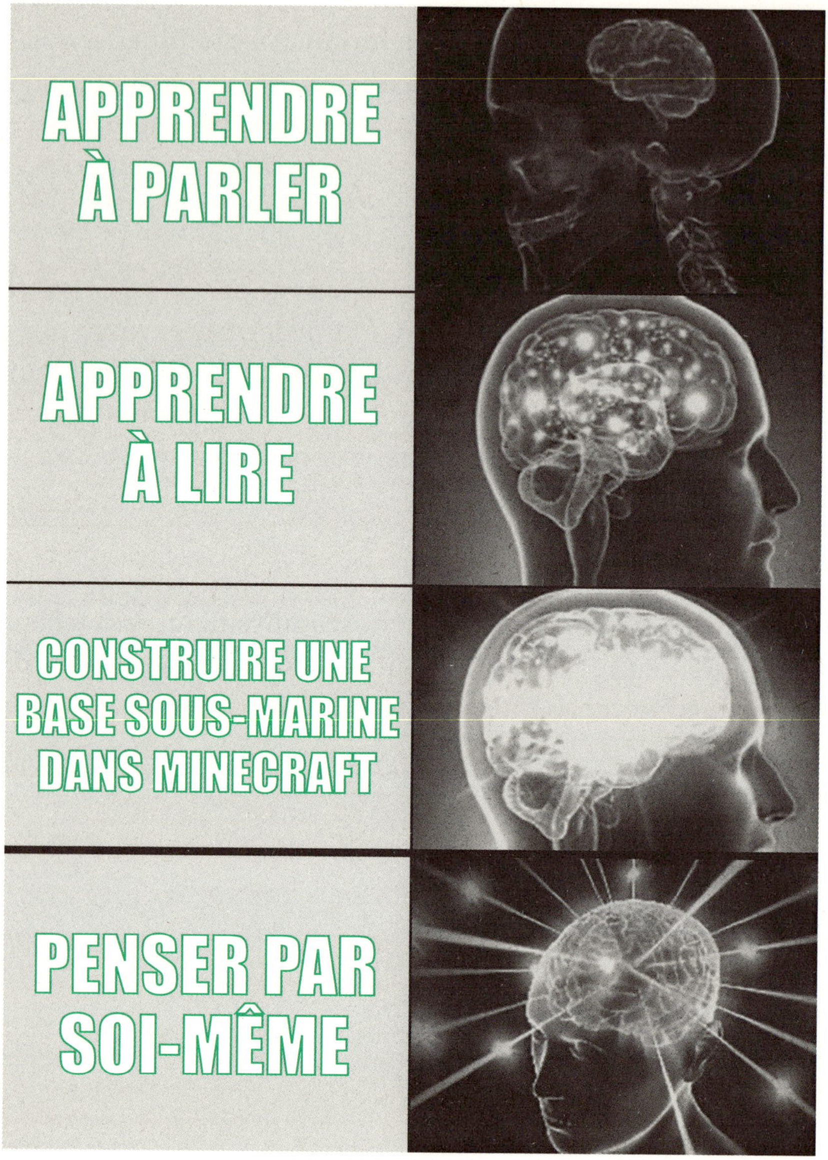
APPRENDRE À PARLER
APPRENDRE À LIRE
CONSTRUIRE UNE BASE SOUS-MARINE DANS MINECRAFT
PENSER PAR SOI-MÊME

— Ça va, Henri ? Je ne te déstabilise pas trop avec mes idées bizarres ? T'as l'air tout sérieux !
— Ah… euh… non. Je ne trouve pas ça bizarre. C'est juste que je n'ai jamais pensé à ça.

Isha regarde son téléphone et sursaute.

— Bon, moi, faut que j'y aille ! J'ai encore mille trucs à faire.

Dehors, l'autobus vient d'arriver. Isha finit son verre de thé glacé, ramasse son sac et sort de la pizzeria en courant.

— C'était vraiment chouette de te parler. Bye !

Je la regarde courir vers l'arrêt du 67 et j'ai un drôle de *feeling*. Qu'est-ce qui vient de se passer ? Est-ce qu'on est en train de devenir amis, elle et moi ? Est-ce que c'est possible, une VRAIE amitié garçon-fille, sans arrière-pensée ? Est-ce que j'ai le droit d'avoir une amie fille que je trouve quand même UN PEU belle ? Mais il y a autre chose qui me tracasse. Pourquoi est-ce que je ne lui ai toujours pas dit que j'avais une amoureuse ? Jusqu'ici, je lui ai parlé de plein de trucs. De ma sœur, de ma mère, même de Chris Pratt. Mais jamais de Noémie.

J'APPUIE ENCORE SUR *PLAY*

Je n'ai toujours pas répondu à Noémie. Je viens de relire sa lettre et ça me fait chaud au cœur de savoir que, même à l'autre bout du monde, ses sentiments pour moi sont toujours aussi brûlants. À mon tour, maintenant, de lui montrer à quel point je l'aime. Pour respecter la règle numéro 5 de notre contrat, je vais devoir écrire au moins 150 mots. Autant commencer tout de suite et finir avec une grosse partie de *Fortnite* avant le dodo, si jamais j'ai le temps.

J'accepte la demande d'Isha et je me remets au travail. Sauf qu'en relisant le début de mon texte, je réalise qu'il est moins bon que je pensais. Pas « mauvais », mais certainement pas digne d'une lettre d'amour. J'efface une phrase. Puis une autre. Une demi-heure plus tard, je n'ai toujours pas franchi le cap des 20 mots. Il est temps de faire une pause Facebook.

Profil d'Isha Paliwal

Isha Paliwal
Un discours super inspirant de Nelson Mandela
17 👍 3 ↪

Isha Paliwal
Les filles de Saint-Vallier au championnat de volleyball
61 👍 5 ↪

Isha Paliwal
Une chanson que j'ai enregistrée. J'espère que vous allez l'aimer ☺♥
378 👍 15 ↪

Je clique sur *Play*.

Thinking Out Loud, d'Ed Sheeran – interprétée par Isha Paliwal

Isha est assise dans sa chambre. Elle tient un ukulélé et regarde la caméra dans les yeux. Elle prend une grande respiration et commence à jouer la chanson d'Ed Sheeran. Je suis loin d'être un expert en anglais, mais j'en comprends les grandes lignes. C'est un gars qui dit à sa copine qu'il va l'aimer toute sa vie. Même quand ils seront vieux, même quand les choses ne seront plus comme avant. Il va l'aimer pour toujours. La voix d'Isha n'est pas comme celle des autres filles qui chantent sur YouTube, façon Sia ou Rihanna. Son interprétation est originale. Elle varie la mélodie, prend des pauses à des endroits différents. Quand la vidéo s'arrête, je reste assis quelques secondes sur ma chaise de *gamer*. Et j'appuie encore sur *Play*.

Message envoyé par Henri Bastien
Hello, mon amour. Juste un petit mot pour te dire que je vais répondre à ta lettre demain. J'ai eu une journée de FOU! ☺

Message envoyé par Noémie Audet St-Jean
OK ☺ J'ai hâte de lire ça demain!

Message envoyé par Henri Bastien
♥♥♥♥♥♥♥♥♥♥♥♥♥♥♥♥

LE DICTIONNAIRE QUI M'A TRANSPERCÉ LE TORSE

La cloche vient de sonner. Je sors de l'école, les mains dans les poches, en écoutant *Thinking Out Loud* dans mes écouteurs. Près de la poubelle, des pigeons se chamaillent pour un restant de sandwich. Normalement, ça me répugnerait un peu, mais, avec Ed Sheeran en fond sonore, je trouve ça poétique. Pendant que j'attends le bus, une grosse moto se stationne devant moi. Le conducteur porte un maillot de basket et ses cheveux longs dépassent de chaque côté de son casque. Je n'ai pas le temps de dire un mot que John me plaque contre le fond de l'abribus.

— Là, tu vas dire à ta sœur que c'est assez.

Il me pousse encore plus fort et le dictionnaire bilingue qui est dans mon sac s'enfonce entre mes omoplates.

— Ça va trop loin, cette histoire ! Mon frère s'est fait menacer, et maintenant, il a peur d'aller à l'école.
— Honnêtement, John, je trouve ça nul pour Ryan, et j'aimerais vraiment l'aider, mais ça se voit que tu ne connais pas ma sœur…
— Et toi, ça se voit que tu ne me connais pas.

Cette fois, ça y est. Mon dictionnaire bilingue m'a transpercé le torse. D'un instant à l'autre, je vais mourir. John n'a pas terminé. Sa dernière phrase me glace le sang :

— Trouve une solution, OMG. Sinon je te pète la gueule.

LA LISTE DES CHOSES QUE JE VEUX FAIRE AVANT DE MOURIR

- Avoir A+ à mon examen de badminton
- Posséder un chat qui s'appelle Milk Shake
- Rencontrer le Dr House en vrai et prendre un selfie avec lui
- Avoir une barbe complète
- Goûter aux nouvelles chips au goût de hot-dog. Elles ont vraiment l'air bonnes.

PETIT COURS D'AUTODÉFENSE INTELLECTUELLE

— Il n'en est pas question.

Charlie est assise sur son lit. Un petit livre jaune et noir est posé sur ses genoux.

— Henri, on dirait que t'as oublié la vidéo du supermarché, celle sur Zackary Marchand ou toutes ses autres vidéos d'avant. Turbo Ménard, c'est une parfaite illustration de la culture de la stupidité qui contamine le web, en ce moment !
— Je suis d'accord avec toi sur le principe. Mais tu penses pas que tu y vas un peu fort ?
— Henri, je ne comprends pas comment tu peux défendre ce gars-là. Ryan Turbo Ménard, c'est le pire imbécile de l'univers. Toi-même, tu le détestes !
— Bon, c'est vrai que des fois Ryan est un peu… euh…
— Stupide.
— Stupide. Peut-être, OK. Sauf que, là, il reçoit des menaces. Et il a peur d'aller à l'école.
— Sérieusement ? Il a peur d'aller à l'école ?

Enfin, un peu de compassion. Charlie commence à entendre la voix du bon sens.

— Cool ! Ma stratégie fonctionne encore mieux que je pensais !!

CHARLIE

BASTIEN

C'est clair, ma sœur est déjà en train d'imaginer de nouvelles façons d'augmenter la pression sur Ryan. Sauf qu'en ce moment, la pression est sur moi. Elle porte un maillot de basket et a des biceps gros comme des boules de bowling.

— Bon, OK, Charlie, je vais te le dire. Si tu ne laisses pas Ryan tranquille, son grand frère va faire du pâté avec ma face.
— Pourquoi il s'en prend à toi ? T'as rien à voir là-dedans.
— Je ne sais pas. Sûrement parce que t'es une fille, et que t'es encore au primaire.
— Je suis parfaitement capable de me défendre ! C'est du sexisme !!

Charlie se calme et continue de réfléchir. Elle ajoute enfin :

— C'est bon. Dis à Ryan que je suis prête à le rencontrer. Mais en terrain neutre. Et je veux qu'il vienne seul. Pas de gros bras dans nos négociations.

Considérant sans doute que tout a été dit, Charlie replonge dans sa lecture. Je sors de sa chambre.

Message envoyé par Henri Bastien

Ouf, je viens encore d'avoir une journée de FOU !!! Charlie a encore fait des siennes, j'ai hâte de te raconter ça. Je t'écris demain. Promis juré !! ♥ ♥ ♥

Message envoyé par Noémie Audet St-Jean

♥ ♥ ♥

JACKIE CHAN VS DORA L'EXPLORATRICE

On s'est rendus au parc à vélo. Comme celui de Charlie a un pneu crevé, je lui ai prêté le mien. J'ai pris la bicyclette de ma mère. C'était plutôt cool de chevaucher cette monture épique, avec son bouquet d'accessoires formidables : sonnette chromée, panier pratique accroché au guidon, réflecteurs kaléidoscopiques, poignées en caoutchouc moulant.

Alors qu'on attend depuis une dizaine de minutes, assis à une table de piquenique, la moto du frère de Ryan apparaît finalement au bout de la rue. Les frères Ménard montent sur le gazon, accélèrent brusquement et s'arrêtent juste devant nous. Quand ils enlèvent leur casque, un grand sourire leur fend le visage. Charlie pointe le doigt vers le maillot de basket.

— Ryan, t'avais peur de venir tout seul ou quoi ?

Ryan répond nonchalamment :

— Il m'a juste conduit…

Charlie réfléchit un moment et se tourne vers moi.

— Bon, Henri, tu vas rester avec Captain America pendant que je vais négocier avec monsieur Ryan. On se revoit tout à l'heure.

Ryan et Charlie vont s'asseoir à une autre table, plus loin, et je reste seul avec le frère de Turbo. Il est deux fois plus grand que moi et ses bras noueux sont traversés par un réseau de petites veines qui semblent sur le point d'éclater. C'est pratiquement un adulte et je suis certain qu'il a déjà fumé des cigarettes. Lui contre moi dans un combat un contre un, c'est comme si Jackie Chan affrontait Dora l'exploratrice. Alors que John grave son nom sur la table de piquenique avec une clé, j'essaie de détendre l'atmosphère.

— Cool, ta moto.
— Merci.
— …

— Ça, c’est ton vélo ?
— C’est celui de ma mère.
— …

Vingt interminables minutes plus tard, Charlie et Turbo se lèvent et commencent à marcher vers nous. Ryan va rejoindre son frère, alors que Charlie passe à côté de moi.

— Viens, Henri, on s’en va…

Pendant que Ryan et John remettent leur casque, je quitte le parc sur le vélo de ma mère, avec Charlie qui pédale à côté de moi. J’attends qu’on soit sur l’asphalte pour lui demander :

— Alors, comment ça a été ?!
— Bien… Son frère ne te pètera pas la gueule, si c’est ça que tu veux savoir.

— T'avais raison, Henri, dans ce cas-là, faire pression sur Ryan, ça ne va rien régler. En regardant son frère, c'est évident que le problème est ailleurs…

— Qu'est-ce que tu veux dire ?

— C'est simple. Ce gars-là n'a pas besoin de se faire intimider…

Charlie arrête de parler et appuie sur la petite manette qui change les vitesses. La chaîne se met sur le rail supérieur, dans un cliquetis métallique.

— Ryan a juste besoin qu'on l'éduque un peu.

Au même moment, Ryan et son grand frère passent à côté de nous. En nous dépassant, Ryan salue ma sœur d'un signe de tête. Elle lui envoie la main en retour. La moto accélère et disparaît en crachant des pets sonores.

MON CŒUR EN ROBE DE CHAMBRE

Dès que la moto des frères Ménard a tourné le coin, je sens la pression retomber. Comme si mon cœur venait d'enlever son jeans trop serrant pour se mettre en robe de chambre.

Sur le chemin du retour, je m'arrête au magasin et je nous achète deux glaces. Aujourd'hui, Charlie a affronté un *thug** du lycée sans broncher. Cette glace, elle l'a hautement méritée. Quand on arrive à la maison, la musique est à fond. Ma mère et tante Lucie ont poussé la table du salon et elles répètent leur chorégraphie de danse urbaine. Normalement, ça me mettrait mal à l'aise et j'irais me cacher dans ma chambre. Sauf qu'aujourd'hui, c'est différent. Je viens de frôler la mort et j'ai envie de vivre, comme si chaque jour était le dernier. À partir de maintenant...

* *Thug* - Rebelle, voyou.

Je grimpe les marches avec autant de *swag* que Bruno Mars dans un club de Miami. Après tout, je suis recordman municipal à *Just Dance*. Moi aussi, j'ai quelques *moves* dans ma poche arrière. Alors que je leur montre toute l'étendue de mon talent, ma mère et tante Lucie sont en feu.

— Mon grand ado fait des folies !! Woohoo !!!
— Henri ! Henri ! Henri !

Soudain, mon regard s'arrête sur le mollet de ma mère et je me fige.

— Ça va, Henri ?
— M'man, t'as un truc bizarre sur le mollet.

Elle sourit et s'avance vers moi en exhibant sa jambe fièrement.

— Tu parles de notre nouveau tatouage ?! Avoue qu'il est incroyable !

Tante Lucie vient se placer à côté d'elle et roule son pantalon, pour dévoiler exactement le même dessin. Je m'approche et j'essaie de comprendre ce que ça représente. On dirait une sorte d'insecte, ou une toile d'araignée. Quand je déchiffre finalement le dessin, mon sang se glace dans mes veines. C'est encore pire que ce que je pensais. Ma mère et tante Lucie se sont fait tatouer un attrape-rêves.

REPRÉSENTATION GRAPHIQUE DE LA CONFUSION IDENTITAIRE DE MA MÈRE

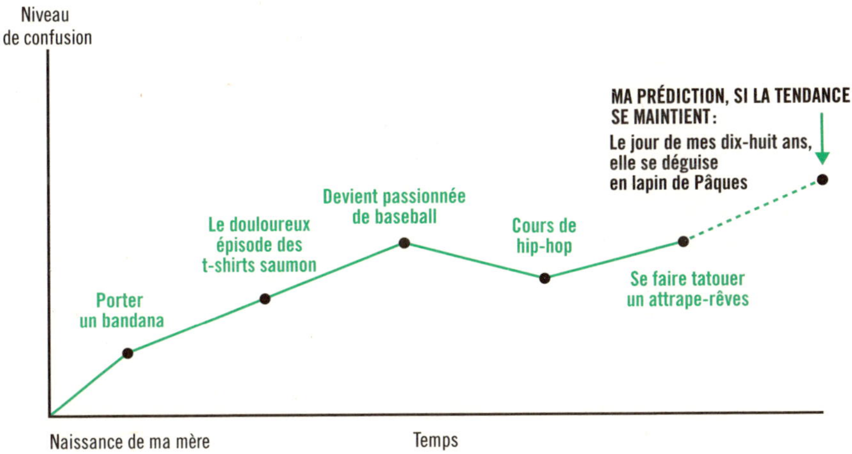

JUSTE UNE AMIE

Encore essoufflé par ces trois minutes de déhanchement intense, mais surtout ASSOMMÉ par la découverte du tatouage de ma mère, je me laisse tomber sur ma nouvelle chaise à roulettes de *gamer* et j'allume mon ordi.

Message envoyé par Isha Paliwal
Salut ☺

OMG!

Message envoyé par Henri Bastien
Salut ☺

Message envoyé par Isha Paliwal
Ça va ?

OMG!

Message envoyé par Henri Bastien
En pleine forme ! Au fait, je ne savais pas que tu jouais du ukulélé !

Message envoyé par Isha Paliwal
Et moi, je ne savais pas que tu m'avais espionnée sur Facebook ! 😋😋😋😋😋😋😋😋

Message envoyé par Henri Bastien
Noooooooonnn !!!! Je suis démasqué !!! 😂

Message envoyé par Isha Paliwal
En passant, moi aussi je t'ai espionné… 😜

Message envoyé par Henri Bastien
😮😮😮😮😮😮😮😮😮😮😮😮😮😮😮😮

Message envoyé par Isha Paliwal
Mais c'est drôle que tu me parles de ça, j'ai justement un show, ce soir…

Message envoyé par Henri Bastien
Quoi ? Un show ?? Cool !

Message envoyé par Isha Paliwal
C'est juste un petit truc, dans un resto.

Message envoyé par Henri Bastien
C'est quand même vraiment cool. Moi, le seul spectacle que j'ai donné dans ma vie, c'était pour un projet de sciences en primaire.

Message envoyé par Isha Paliwal
😁😁😁😁😁😁😁😁

Message envoyé par Henri Bastien
😢😢😢😢😢😢😢😢

Message envoyé par Isha Paliwal
Tu peux venir, si tu veux…

Isha, l'ancienne monitrice de Charlie, vient de m'inviter à une soirée. Est-ce qu'on peut appeler ça un rendez-vous ? Sûrement pas. J'ai déjà une amoureuse. Cette fille-là est juste une amie.

Message envoyé par Henri Bastien
OK, ça me tente !

Message envoyé par Isha Paliwal
T'es à l'aise de prendre le métro tout seul?? 😜😜😜

Message envoyé par Henri Bastien
T'inquiète, je suis habitué. Je l'ai pris plein de fois.
💪💪💪

Message envoyé par Isha Paliwal
Cool ! C'est à 8 h, je t'envoie l'adresse !

LE PERMIS DE CONDUIRE, L'APPARTEMENT ET LES ENFANTS

Ma mère m'a conduit jusqu'au terminus. J'aurais pu y aller en bus, mais elle voulait absolument être à mes côtés pour ce grand moment de ma vie d'ado. Ce soir, je vais prendre le métro TOUT SEUL pour la première fois.

— Je suis tellement fière de toi, mon chou ! Wow ! Prendre le métro tout seul, c'est une si grande étape de la vie.
— M'man, calme-toi. Sérieusement, faut pas en faire tout un plat.
— Ça commence avec le métro, après c'est le permis de conduire, l'appartement, les enfants…

Ma mère se gare devant la station de métro. Elle fixe l'horizon.

— La vie va tellement vite, tu sais.

Elle soupire en souriant un peu.

— Bon, vas- y, tu vas être en retard.

Alors que je m'apprête à refermer la porte, ma mère penche la tête vers moi et me fait un clin d'œil géant.

— Fais pas trop de folies !

TCHABADOUM-DADOUMDAY

Quand j'arrive au spectacle, la salle est déjà pleine. Dans la foule, je reconnais quelques élèves du lycée. Sûrement des amis d'Isha qui sont venus l'encourager. Jackson est là, avec ses amis Hubert et Miguel.

— *Yo*, Henri ! Ça va, *man* ?

Moi aussi, je suis content de le voir.

— En pleine forme, Jax !
— C'est cool que tu sois là ! Mais qu'est-ce que tu fais ici ?
— Ben, comme toi… je suis venu voir le show.
— C'est Isha qui t'a invité ?
— Oui…
— Je ne savais pas que vous étiez amis.
— Ouais. C'était la monitrice de ma sœur au camp de jour.

Jackson m'adresse un drôle de regard et je suis soudainement gêné d'être ici.

— Ah… cool. Tu es toujours avec Noémie ?
— Euh… oui.

— OK. Et ça va bien ?

— Oui, oui. Ça va super bien. On se parle souvent sur Skype.

Après un court moment de silence, la foule se met à applaudir. Isha arrive sur scène avec son ukulélé sous le bras. Elle sourit, remercie les spectateurs d'un signe de la main et s'assoit sur un tabouret. Juste à sa façon d'ajuster le micro, on voit que ce n'est pas la première fois qu'elle joue devant un public. Quand le silence est complètement retombé sur la salle, Isha prend une grande respiration et gratte les premiers accords de sa chanson. Juste ça, c'est déjà super beau. Mais quand elle se met à chanter, alors là, ce n'est plus juste beau. C'est… comment dire ? Quelque chose se produit en moi quand j'entends sa voix. C'est juste… Je crois qu'il faudrait inventer un nouveau mot pour décrire ça. Ce que ça me fait.

RESTE CALME ET ALLUME TON PORTABLE

Le spectacle d'Isha est fini et elle vient de retourner en coulisse. Au total, elle a joué deux compositions et quatre reprises de chansons connues. C'était fou. Pendant que Jackson est aux toilettes, je vais me chercher un jus d'ananas. J'en prends aussi un pour Isha.

Dès qu'elle arrive dans la salle, un troupeau de personnes se précipite sur elle pour la féliciter. Je reste au bar en attendant qu'elle ait fini, avec mes deux bouteilles dans les mains. Les gens autour d'Isha se dispersent enfin et elle se met à fouiller la foule des yeux. Elle m'a vu. Un grand sourire illumine son visage pendant qu'elle traverse la salle pour venir me rejoindre. Sur la scène, un nouveau musicien a pris sa place. Un gars avec une guitare électrique qui joue des chansons pseudo-humoristiques. Le volume est vraiment fort. Pour que je puisse l'entendre, Isha me parle à l'oreille :

— Je suis gênée !
— Pourquoi ?
— T'as pas remarqué ?
— Non. Quoi ?

— J'ai eu un trou de mémoire dans le deuxième morceau. Je n'ai pas chanté les bonnes paroles !!

Je ris.

— T'es drôle ! Personne n'a remarqué ça !
— Tu penses ?
— Je suis certain !
— OK !

Je lui tends la bouteille de jus d'ananas

— Oh, c'est gentil !

Elle en prend une longue gorgée.

— Sérieusement, Isha, t'étais super bonne ! Ça fait longtemps que tu joues ?
— Six mois !
— *What?* À t'écouter, on dirait que ça fait genre mille ans !

Elle sourit en faisant non de la tête.

— Le ukulélé, c'est super simple comme instrument. Une fois que t'as compris le principe, c'est super facile.
— Ouais. Facile pour toi…
— Non, je te jure. Si tu veux, à un moment donné, je te donnerai un petit cours…

Jackson réapparaît à côté de nous. Dès qu'elle le voit, Isha lui saute dans les bras. Ces deux-là ont l'air de se connaître depuis toujours. Plein d'autres gens se joignent à notre groupe et Isha se fait emporter par le courant. Pareil pour Jackson, qui commence à déconner avec sa clique du collège. Je sirote mon jus d'ananas en cherchant quelqu'un avec qui parler, mais tout le monde autour de moi est déjà engagé dans une discussion ULTRA passionnante. Alors j'allume mon téléphone, pour que les gens autour de moi pensent que je suis TRÈS occupé.

TROIS APPELS MANQUÉS :

20 : 32 Noémie

20 : 56 Noémie

21 : 08 Noémie

HELLO, NO

Quand je suis rentré chez moi, je n'ai même pas eu le courage d'allumer mon ordi. Je suis allé me coucher direct. Ce matin, je me suis réveillé tard et j'ai passé la matinée à installer une tonnelle avec ma mère. En rentrant, j'ai trouvé ça :

Message envoyé par Noémie Audet St-Jean
Bonne journée ♥

Qu'est-ce que je suis allé faire au spectacle d'Isha, hier soir ? Une fille que je connais à peine. Et comment j'ai pu oublier de répondre à mon amoureuse alors que ça aurait dû être mes priorités numéro un, deux, trois et quatre ?

Il faut ABSOLUMENT que je règle ça. Pas le choix. Je m'assois sur ma chaise à roulettes de luxe et j'ouvre mon fichier Word.

Salut, Noémie (trop impersonnel)

Hello, mon amour (trop cliché)

Salut, petit chat (ringard)

Hello, No (« elono »… ça sonne trop bizarre)

Salut, bébé (trop infantilisant)

Hello, babe (ça, c'est bon ! OK, peut-être pas…)

Rien à faire. Ça fait presque une heure que j'ai commencé et ma page est encore blanche. Noémie était en ligne, il y a 22 minutes. Elle a dû trouver sa boîte de réception vide…

Message envoyé par Tam Gauthier-Hung
Yo, Bastiano. C'est Halloween, j'espère que t'es prêt pour une soirée épique!

Message envoyé par Henri Bastien
Merci, mec, mais je crois que je vais rester chez moi.

Message envoyé par Tam Gauthier-Hung
?????

Message envoyé par Henri Bastien
Je dois régler des trucs avec Noémie.

Message envoyé par Tam Gauthier-Hung
Raison de plus pour venir! Jean-Robert sera là. Le gourou de l'amour en personne! Il va pouvoir t'aider, c'est sûr!

INSÉRER LE NOM ICI

Tam a mis une robe de chambre et une perruque rose, tandis que Jean-Robert a enfilé son équipement de hockey. De mon côté, j'ai ressorti de vieilles dents de vampire en plastique et un masque de Green Lantern. Mais pour être certains de récolter un max de friandises, notre arme secrète, c'est Bianca, que Tam a déguisée en Fée Clochette. Tout le monde nous sourit. Plein de gens veulent se faire prendre en photo avec elle et ils remplissent nos sacs par pelletées. J'arrive même à oublier le pétrin dans lequel je me suis mis avec Noémie. Malgré son butin plus qu'enviable, Tam garde toujours un œil sur celui des autres. Un petit garçon d'environ six ans, déguisé en lion, passe près lui.

— Hey, toi, je peux voir tes bonbons ?

Le garçon exhibe fièrement le contenu de son sac, devant les yeux experts de Tam Gauthier-Hung.

— Pas mal… Pas mal… Je te fais une offre pour ton sac de bonbons.

Pendant que Tam continue de marchander avec le petit lion, Jean-Robert s'approche de moi.

— Il paraît que t'as encore un problème avec ta copine ?

Je lui raconte tout. Les règles de la relation à distance, la lettre de Noémie, mon manque d'inspiration. Jean-Robert me répond calmement, comme un vieux sage :

— Tu sais, Henri, dans une relation à distance, la personne qui est partie a toujours plus besoin d'être rassurée. C'est normal. Par contre, je ne te cacherai pas que le fait que t'aies oublié de lui écrire hier, ça rend la situation un peu plus délicate. Tu vois, en repoussant sans cesse le moment de lui répondre, t'as créé des attentes.
— Je sais. C'est ça qui me fait paniquer ! Plus le temps passe, plus j'ai peur de la décevoir.
— Tes craintes sont fondées, Henri. À partir de maintenant, peu importe ce que tu vas lui écrire, tes chances de décevoir Noémie sont extrêmement élevées.
— Qu'est-ce que je peux faire ??

Il réfléchit en se grattant le menton.

— Tu ne peux plus te contenter d'une réponse « normale ». Il va te falloir quelque chose de spécial. Quelque chose de… subliminal.
— Tu veux dire « sublime » ?
— Oui, c'est ça. Sublime. Il va te falloir quelque chose de sublime.

Un attroupement s'est formé autour de Tam. Des super-héros, un zombie, deux loups-garous et une sorcière se sont joints au lionceau, dans ce qui ressemble de plus en plus à une vente aux enchères, version Tam Gauthier-Hung.

— Trois caramels pour une barre de céréales, ça intéresse personne ? Voyons, c'est une offre imbattable !

Jean-Robert se penche vers moi et parle en cachant sa bouche avec sa main :

— Écoute, Henri, j'ai peut-être quelque chose pour toi…

Il sort son téléphone et ouvre un fichier texte.

— Lis ça.

Chère [Insérer le nom ici]
Toi qui es ma bien-aimée
Toi qui partages ma destinée
En ton absence, j'ai le cœur en lambeaux
L'âme en errance, je ne suis qu'un robot
Dans la noirceur de ma solitude
Je rêve au jour où tu reviendras
[Insérer le nom ici]
Ta beauté sublime
Me sortira de l'abîme
Et ensemble nous fleurirons
Sous le soleil de l'amour

— Alors ? Comment tu le trouves ?
— Wow ! C'est super bon !
— Ce texte-là, OMG, c'est mon chef-d'œuvre. Le résultat d'années de recherche.

Je parcours à nouveau le « chef-d'œuvre » de Jean-Robert et je dois avouer que c'est du solide. Le seul problème, c'est qu'il a à peine 60 mots alors qu'il m'en faut, MINIMUM, 150. Tout de suite, Jean-Robert me rassure :

— Henri, avec un texte de cette qualité-là, il ne t'en faut pas plus. Fais-moi confiance.
— OK… Est-ce que… ça te dérangerait de me le…
— T'inquiète, je te l'ai déjà envoyé.

Il me fait un clin d'œil et glisse son téléphone dans sa poche. Pendant que je remercie Jean-Robert du fond du cœur, Tam se relève et quitte le marché des bonbons. Les petits monstres derrière lui le regardent en riant, alors qu'il revient vers nous, penaud. Dans ses mains, son sac de friandises a l'air plus léger que tout à l'heure.

— En tout cas, c'est plus comme dans mon temps. Les enfants, de nos jours, c'est des vrais requins.

Message envoyé par Noémie Audet St-Jean
J'ai lu ton poème…

OMG!

Message envoyé par Henri Bastien
Je sais, c'est pas parfait mais tu sais, j'ai fait de mon mieux… 😩

Message envoyé par Noémie Audet St-Jean
Henri. C'est. VRAIMENT. Beau. ♥ ♥ ♥

OMG!

Message envoyé par Henri Bastien
Pour de vrai ? Tu l'as aimé ?

Message envoyé par Noémie Audet St-Jean
Je ne l'ai pas juste aimé. Ta poésie m'a bouleversée. Je ne pensais pas que tes sentiments pour moi étaient aussi… grandioses. J'ai tellement hâte de te voir.

Quelques synonymes du mot HENRIBASTIEN :

PEUREUX, LÂCHE, TRAÎTRE, CANAILLE, ASSASSIN,
→MEURTRIER.←

« Chers abonnés… »

Ryan prend une longue pause. Il respire profondément et continue de parler :

« Comme vous le savez, dernièrement, j'ai fait une vidéo où je me moquais d'une personne en détresse. C'était… vraiment stupide. »

Il renifle, regarde au loin et continue.

« Chacun de vos commentaires était pleinement mérité. Même les plus… sévères. Vous avez entièrement raison d'être en colère contre moi. J'ai été con et je ne m'attends pas à être pardonné. Aujourd'hui, j'aimerais simplement présenter mes excuses à tout le monde pour ce que j'ai fait… Je suis profondément désolé, je… »

Il renifle encore.

« La vidéo du supermarché vient d'être supprimée de la chaîne de la Jackstrap Dynastie. À l'avenir, je vous promets… »

Ryan baisse les yeux et on entend le froissement d'une feuille de papier dans ses mains. Son regard revient vers l'objectif et il poursuit :

« À l'avenir, je vous promets d'offrir du contenu intelligent et éducatif, dans le respect des… différences de chacun. »

Il baisse à nouveau les yeux vers sa feuille et continue de parler en lisant son texte :

« Je voudrais aussi dire que je suis solidaire à la cause des reptiles domestiques. Je soutiens les élèves qui militent pour une option végé dans les cafétérias des écoles et je suis contre le sexisme chez les surveillants de passages pour piétons. »

LE JACKSTRAP DE LA RIME

Deux mille élèves. Une seule porte. À chaque fin de journée, le blocage est inévitable. C'est une fatalité. Comme les vers de terre quand il pleut et les mouches sur les bananes en été. Heureusement, aujourd'hui, Tam est là pour me tenir compagnie.

— Alors, Henri, quoi de neuf ? Des nouvelles de Noémie ?
— Ah… euh… elle va… super bien.

Depuis qu'elle a reçu mon poème, Noémie rayonne. Le problème, c'est que plus elle est joyeuse et plus je me sens comme une crapule. Un salaud, un sans-cœur, un chien sale, un…

— Henri !

Dans la foule, quelqu'un vient de crier mon nom. Je cherche d'où ça vient et j'aperçois Ryan, qui se fraie un chemin jusqu'à nous. En le voyant, Tam se met à marmonner :

— Ah non, pas lui. En plus, on ne peut pas se sauver.

Ryan arrive à côté de nous.

— *Yo*, ça va, les gars ?
— Ça roule.
— Je me demandais, Henri : quand est-ce qu'on finit notre chanson ?

Ce fameux exposé oral. Une seule visite chez Ryan m'avait convaincu de m'en charger moi-même.

— Bah, oublie ça, Ryan… Je vais faire le travail, et je t'enverrai le document.
— Ben voyons, tu ne vas quand même pas te taper tout le boulot ?

À côté de moi, Tam est sous le choc.

— Il s'est fait greffer un cerveau, lui, ou quoi ?

Un peu à contrecœur, je finis par accepter la proposition de Ryan. Le mec a droit à une deuxième chance. Et ça lui fait tellement plaisir.

— Cool ! Tu vas voir, OMG, j'ai déjà quelques idées ! Écoute celle-là ! « La cédille, sous le C, ça fait « SA ». Et c'est toujours comme ça ! » Avoue que c'est bon !

EXCELLENT !
3 SUR 10

ÇA CHAUFFE

Quand on arrive ENFIN dehors, le bout de mes chaussures ressemble à des mini-crêpes et mon t-shirt est imprégné par un mélange de mille odeurs de déos différentes. Ryan, lui, est toujours sur sa lancée.

— Regarde ça, j'ai trouvé une autre rime ! Pour la cédille… les gens font la file. Hahahaha !
— En fait, ça ne rime pas exactement.
— Qu'est-ce que tu veux dire, « pas exactement » ?

C'est bizarre, depuis qu'on est dans le parking, une dizaine de personnes recouvertes de draps blancs se sont attroupées autour de nous. Elles nous escortent vers l'arrêt de bus en répétant des mots, à voix basse :

Turbo, t'es pas beau
On veut pas tes vidéos
Turbo, t'es pas beau
On veut pas tes vidéos

À bien y penser, les rimes de Turbo n'étaient peut-être pas si mauvaises… Une chose est sûre : les Turbo-*haters* n'ont pas cru à ses excuses publiques. Un des fantômes s'approche de Ryan, qui le repousse aussitôt. Le fantôme revient à la charge et je dois m'interposer entre les deux, pour les séparer. Rapidement, les autres personnes déguisées nous encerclent et nous crient des injures. Ça chauffe. Le seul à garder son calme, en ce moment, c'est Tam.

— Excusez-moi, tout le monde ! Votre attention, s'il vous plaît !!

Les fantômes se taisent et Tam continue :

— Qui est en charge de la manifestation ?

Un membre du groupe s'avance et retire le drap qui lui recouvre le visage. C'est Magalie Levesque-Riendeau, une fille de ma classe. Tam lui serre la main.

— Bonjour, madame Riendeau. Tam Gauthier-Hung. Bon, c'est quoi, vos revendications, exactement ?
— Nos quoi ?
— Vous manifestez, mais c'est quoi, vos demandes ?
— On est contre la stupidité sur internet.
— Je comprends. Mais, concrètement, vous voulez quoi ? Qu'est-ce que mon client peut faire pour vous donner satisfaction ?

Après un moment de réflexion, un deuxième fantôme s'avance et crie :

— On veut que la Jackstrap Dynastie soit fermée pour toujours ! Turbo, t'es pas beau ! On veut pas tes vidéos !

Tam rit, puis retrouve son sérieux et continue de s'adresser à Magalie :

— Bon, Magalie, je vais t'expliquer deux-trois trucs…

Pendant que Tam poursuit ses pourparlers avec la chef de la manif, Ryan et moi en profitons pour aller nous mettre à l'abri derrière le conteneur à déchets.

DE LA CRÈME GLACÉE FONDUE

Ryan s'assoit par terre, découragé.

— Fait chier…
— T'en fais pas, *man*, ça va s'arranger…

Il me répond en fixant un chewing-gum écrasé sur l'asphalte.

— En réalité, non, ça ne va pas s'arranger. Tu as vu combien ils sont ? Je me suis excusé ! Qu'est-ce qu'ils veulent de plus ?

Il enfonce son visage dans ses mains et ferme les yeux.

— Je ne sais pas ce qui m'a pris de faire une vidéo aussi stupide.

Au même moment, Tam apparaît.

— Vous pouvez sortir, les gars. La manif est finie.
— Comment t'as fait ça ?
— C'étaient des amateurs. Comme ils n'avaient pas averti la ville, techniquement, c'était une manifestation

illégale. Dès que j'ai prononcé le mot « police », il n'a pas fallu longtemps pour qu'ils rangent leurs taies d'oreiller.

Ryan sourit et s'essuie subtilement les yeux avec la manche de son pull.

— En tout cas, merci, Tam. Je t'en dois une, mon gars.
— Y a pas de quoi. Gérer des crises, c'est mon métier. C'est pour ça que je suis là, stresse pas avec ça.
— « Stresse pas avec ça »... Facile à dire. J'ai fait UNE gaffe, et on dirait qu'ils vont me punir jusqu'à la fin de mes jours. Mon image est détruite à vie.

Tam le regarde avec un sourire protecteur.

— Voyons, Ryan... une réputation, c'est comme un cornet de crème glacée. Même quand tout a fondu, et que t'en as partout sur les mains... il n'est jamais trop tard pour le remettre au congélo pendant quelques heures, et le finir à la cuillère. Tu me suis ?

Plein de plis apparaissent sur le front de Turbo, qui n'a visiblement pas saisi la métaphore.

— Ce que je veux dire, Ryan, c'est que, sur YouTube, il n'y a rien d'impossible. Surtout quand tu fais équipe avec le meilleur stratège en ville...

HENRI CONTINUE DE S'ENFONCER DANS LA SPIRALE DU MENSONGE

Message envoyé par Isha Paliwal
Merci d'être venu, samedi. C'était chouette de te voir ☺ On remet ça quand tu veux…

OMG!

Message envoyé par Henri Bastien
C'est vrai que ça serait cool. ☺

Message envoyé par Isha Paliwal
Qu'est-ce que tu fais ce vendredi, comme on a congé ?

OMG!

Message envoyé par Henri Bastien
Rien de prévu…

Message envoyé par Isha Paliwal
Viens faire un tour chez moi !

Elle vient de m'inviter chez elle. Ça va vraiment trop loin. Il faut absolument que je mette fin à ce malentendu.

QUELQUES IDÉES POUR ÉLIMINER TOUTE CONFUSION DANS MA RELATION AVEC ISHA

Solution logique :

- Être honnête avec elle et lui dire immédiatement que j'ai une amoureuse

Méthode Henri Bastien :

- Lui acheter un jus d'ananas
- Aller manger une pizza avec elle
- Visionner sa chanson en boucle dès que j'ai du temps libre
- Lui répondre des trucs du genre

OMG!

Message envoyé par Henri Bastien
OK, bonne idée ! Merci de l'invitation !

Message envoyé par Isha Paliwal
Cool ! ☺☺☺ Je te texte mon adresse !

TENTATIVE D'AMBIANCE AMICALE : AVORTÉE

Dehors, on gèle et il pleut des cordes. C'est ma mère qui va me déposer chez Isha.

— En tout cas, tu t'es fait bien beau pour quelqu'un qui s'en va manger chez une « amie ».
— De quoi tu parles ? Je suis habillé normal…

Elle marque un point, par contre. Je porte mon t-shirt avec un col en V, celui qui réussit le mieux à créer l'illusion que j'ai des muscles. J'ai passé trois bonnes minutes devant le miroir à mesurer la progression de ma moustache. Avant de partir, j'ai fouillé dans ma trousse pour adolescents et me suis aspergé d'un soupçon d'after-shave. C'était plus fort que moi.

Isha habite en face d'un carwash chinois et d'un restaurant créole, dans un gros immeuble rectangulaire en ciment gris-beige.

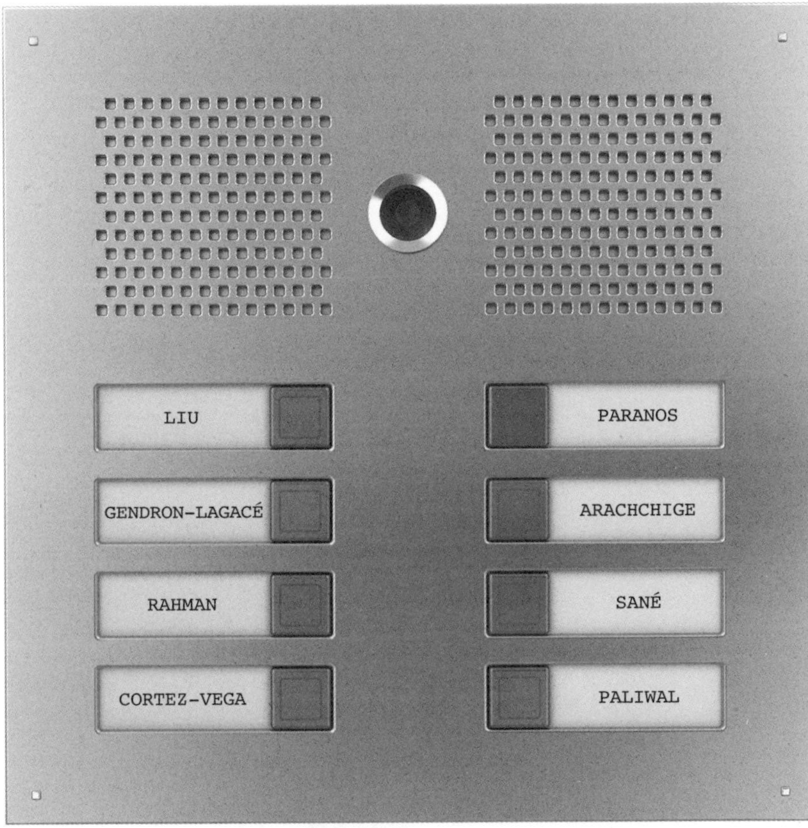

C'est elle qui vient m'ouvrir. Afin de lui envoyer un message clair et d'installer d'emblée une ambiance purement amicale, je mets mon poing devant elle en position de *fist bump*. Isha me regarde un moment, confuse, puis éclate de rire.

— Hahaha ! T'es vraiment con !

Elle contourne ma main et vient m'embrasser sur la joue, tout près de mon oreille.

— Salut.

MON OBJECTIF : INSTALLER UNE AMBIANCE AMICALE

RÉSULTAT :

Dans les escaliers, ça sent les bougies aromatiques et les fruits de mer brûlés. Isha habite au dernier étage. Une femme vient nous accueillir. Elle porte une longue robe rouge foncé et ses bras sont couverts de bracelets métalliques. Un point brun est dessiné au milieu de son front.

— Henri, je te présente ma mère.
— Bonjour, madame.
— Elle parle juste anglais, désolée…
— *It's OK… English is very good !*

Elles échangent quelques mots en hindi, puis Isha se tourne vers moi.

— Si on mange du dahl, ça te va ?
— Euh… oui, oui.

Isha éclate de rire.

— Hahaha ! Avoue que t'as jamais goûté. Ne t'inquiète pas, c'est super bon.

Je m'inquiète quand même un peu. Au pire, je ferai comme quand on va dîner chez tante Lucie et qu'elle nous cuisine ses « fameuses » boulettes de tofu roulées dans la poudre d'oignon : je ferai semblant de trouver ça excellent.

Le dahl est une sorte de soupe jaune aux lentilles, avec des épices indiennes. C'est de la pure bombe. Ça change de la lasagne et des hamburgers. Quand je relève la tête après avoir fini mon bol, Isha et sa mère me regardent toutes les deux en souriant.

— Henri, t'es vraiment trop drôle.
— Comment ça ?
— Viens, je vais te montrer ma chambre.

LE RETOUR DU CHAT HYPOTHÉTIQUE

La bibliothèque de la chambre d'Isha déborde de livres. Son ukulélé est posé sur son bureau, avec une paire d'écouteurs et un micro. Un mini-fauteuil est installé dans le coin de la pièce, à côté d'un sac de sport. Je m'assois dedans, Isha se met sur le lit. Le mur devant moi est couvert d'affiches, de photos, de Post-it et de petits dessins. Il y a aussi le poster d'une femme que je n'ai jamais vue de ma vie, avec une citation en bas.

« Si aucun chemin n'est déjà tracé pour faire ce que tu veux dans la vie, alors trace-le toi-même. »

Mindy Kaling

— Tu ne connais pas Mindy Kaling ?
— Non.
— À la base, c'est une actrice mais c'est surtout quelqu'un que j'admire. C'est une femme vraiment… entière. Qui n'a pas peur d'être différente. Qui se fout de ce que les autres pensent d'elle.
— Cool.
— Dans mon école, les gens se jugent tellement entre eux. Ça m'énerve vraiment.

— Je te comprends. C'est pareil au lycée PL.

Je me rappelle soudainement pourquoi je suis ici. Lui dire que j'ai une copine. Voilà. Après, tout va rentrer dans l'ordre et on va enfin pouvoir devenir des vrais amis.

— Ça va, Henri ? T'as l'air bizarre tout à coup.
— Oui, oui, c'est juste que…

OK, c'est maintenant que ça se passe.

— En fait, Isha, il y a un truc qu'il faut que je te dise…
— Ah oui ? C'est quoi ?

Au même moment, un chat blanc à poil long sort avec méfiance son museau de sous le lit. Il m'observe un moment, puis s'avance et vient me lécher les doigts.

— Henri, je te présente Milk Shake !

Milk Shake. Exactement le MÊME nom que je veux donner à mon futur chat hypothétique. Je le caresse un peu, puis Isha va lui ouvrir la porte pour le laisser sortir. Elle referme.

— Alors, Henri, qu'est-ce que t'allais dire, juste avant ?
— Avant quoi ?
— Avant que Milk Shake arrive… T'allais dire quelque chose.
— Ah… euh… je voulais te dire que…

— Je… je voulais te dire que, moi aussi, j'ai un ukulélé, chez moi !

— Pour de vrai ? C'est super cool !

— Mon parrain Luc me l'a donné pour mes huit ans, mais je ne l'ai jamais vraiment utilisé.

Isha se lève et va chercher son instrument. Elle le dépose dans mes mains.

— Tiens, je vais te montrer.

J'essaie timidement de gratter les cordes, mais j'arrête aussitôt. Depuis le primaire, les cours de musique sont ma bête noire. Je n'ai aucun talent. Isha s'agenouille devant moi et replace mes doigts aux bons endroits, sur le manche.

— Vas-y, maintenant, joue.

J'essaie encore mais, cette fois, c'est pire. Elle sourit.

— Faut bien que t'appuies sur les cordes. Regarde, laisse-moi faire.

Elle vient alors placer ses doigts par-dessus les miens.

— Essaie encore…

Ce coup-ci, ça fonctionne. Et c'est magnifique.

— Wouhou !!! Je joue un accord pour la première de ma vie ! Je suis un musicien !

Isha éclate de rire pendant que je continue de gratter le même accord, plein de fois. C'est là que je remarque que sa main n'a pas bougé. Ses doigts sont encore par-dessus les miens. Et je n'ai pas envie qu'elle les enlève.

LE SALAIRE MINIMUM, SELON TAM GAUTHIER-HUNG

Tam a organisé un meeting avec Ryan dans l'ancien salon du personnel de Tam Coquetterie Canine. Il veut élaborer une stratégie pour redresser l'image médiatique de Turbo et mettre fin à la vague de haine qui fait rage aux quatre coins du web. J'ai été invité à titre de consultant en réseaux sociaux. En premier, j'ai dit non, mais les arguments de Tam étaient tout simplement béton.

« Henri, tu te souviens de mes chips en forme de cuillère ? Il m'en reste plein.»

Tam a aussi rapatrié le fauteuil massant qu'il avait acheté pour ses meilleurs clients. Ryan est assis dedans. Pour soulager son stress des derniers jours, Tam lui a mis la vibration « détente scandinave ». Les yeux fermés, le stressé se contente de grommeler pendant que l'autre lui balance ses idées de génie.

— On pourrait faire un clip vidéo ! On trouve une chanson populaire, et on te filme dans un champ, avec une guitare ! Hein ? Qu'est-ce que t'en penses, Ryan ?
— Hmm… ouais… c'est bon, ça…
— Oui ! Même que mon père pourrait nous prêter son chapeau de cow-boy !

Je croque une chips copieusement enrobée de sauce aux épinards.

— Sérieusement, Tam, s'il suffisait de chanter une chanson d'amour sur YouTube pour que les gens oublient toutes les conneries que t'as faites, ça fait longtemps que Logan Paul serait devenu musicien…

Tam continue de réfléchir et son visage s'allume à nouveau.

— OK, je sais ! Ryan, on va te faire un relooking. Nouveau look… nouvelle réputation. C'est logique, non ?
— Oh oui, c'est ça… oui….

Tam m'interroge du regard.

— Henri, t'as pas l'air sûr.
— Ben… les militants contre la stupidité ont presque 300 *followers* sur Facebook. Ils sont déchaînés. C'est pas un nouveau jeans et une coupe de cheveux à 50 euros qui vont changer ça.

Pendant que Ryan continue de savourer le moment, Tam m'entraîne un peu plus loin.

— Henri, ça serait bien si tu me soutenais un peu.
— OK, mais je suis consultant. Mon travail, c'est de te donner mon avis, non ?
— Ton avis, oui, mais je ne te paye pas pour contredire CHAQUE CHOSE que je dis.
— Tam, en passant, je ne suis pas payé…
— Euh… pardon ?

Il pointe le doigt vers le bol de chips pour signifier qu'elles ne sont pas là uniquement par hasard.

Salaire minimum selon
Tam Gauthier-Hung :
12 chips de l'heure

— Tu sais, Henri, n'oublie pas que je suis un artiste du marketing. Des fois, c'est plus long, mais je finis toujours par pondre quelque chose. On ne peut pas tirer l'œuf hors de la poule, comme on dit.
— Qui a dit ça ?
— Plein de gens.

Au même moment, Bianca apparaît dans le cadre de la porte. D'un pas nonchalant, elle se dirige vers le bol de chips.

— Non, Bianca ! Non ! À la maison !

Bianca rebrousse chemin et va se coucher dans le coin, bredouille. Tam la suit des yeux. Soudain, il se fige et tourne lentement la tête vers moi. Un immense sourire de satisfaction illumine son visage.

— J'ai trouvé…

Tam se précipite vers le fauteuil massant. Il le débranche et la vibration s'arrête. Ryan ouvre les yeux.

— Hey, qu'est-ce que tu fais, *man* ?!
— Attachez-vous bien, les gars : je viens d'avoir l'idée du siècle.

Turbo marche dans le parc. Un peu plus loin derrière lui, des gens font du vélo et du jogging au bord de l'étang.

« Salut, tout le monde. Turbo Ménard à votre service. Aujourd'hui, je voudrais vous parler d'un sujet qui me tient vraiment à cœur... »

Tam, qui tient la caméra, s'adresse soudainement à Ryan, en voix off.

— Oh non, Ryan...
— Quoi ?
— Regarde derrière toi, man !

Ryan se retourne vers l'étang. Un animal se débat au milieu de l'eau verte, parmi les nénuphars et les feuilles mortes. C'est un chien. On dirait qu'il va se noyer.

— Tam, on fait quoi ? On peut pas le laisser là !
— Yo, Turbo, on est en novembre. L'eau est glacée !

Ryan continue de regarder vers l'étang, avant de répondre :

— J'ai pas le choix.

Il enlève son t-shirt et commence à déboutonner son pantalon, devant Tam qui n'en croit pas ses yeux. On sent de la panique dans sa voix.

— Non, ne fais pas ça ! Sérieux, t'es fou ou quoi ?

Trop tard. Ryan est déjà en caleçon et il court vers l'étang. Il plonge et commence à nager vers le chien en détresse pendant que Tam commente la scène :

— Oh mon Dieu ! Il pourrait faire une crise d'hypothermie !

Ryan réussit finalement à tirer l'animal frigorifié hors de l'étang. Il tousse plusieurs fois, avant de s'écrouler sur le gazon, à bout de souffle. À côté de lui, Bianca secoue son long poil tout trempé et commence à lui lécher le visage.

MUSCADE ET POW !

— Coupez !!

Tam se dirige tout de suite vers Ryan et il lui tend une serviette.

— Magnifique, Ryan. Excellente performance ! Je pense qu'avec ça, on est sûrs de regagner le cœur de tes abonnés.

Il s'agenouille devant Bianca et lui gratte vigoureusement le cou.

— Oui. Bravo, ma belle… Oui… bravo…

Tam sort de sa poche une poignée de chips en forme de cuillère qu'il fourre dans la gueule de Bianca. Il se relève et s'adresse à Ryan :

— Bon, maintenant, dans la prochaine vidéo, tu vas t'occuper de ta nouvelle amie. Tu la ramènes chez toi, en cachette, sans le dire à tes parents. Tu t'attaches à elle, et BANG ! tu l'adoptes ! Avoue que c'est trop fort !

Ryan frissonne en se rhabillant. De mon côté, je demeure sceptique.

— Il me semble que c'est un peu GROS comme concept, non ?
— Fais-moi confiance. PewDiePie, Squeezie, Jacksepticeye ont tous déjà adopté un animal de compagnie, et regarde le nombre d'abonnés qu'ils ont. Je te le dis, c'est une stratégie qui a fait ses preuves. La prochaine étape, c'est de lui trouver un nom.
— Tam, elle a déjà un nom. C'est Bianca.
— Pour l'occasion, on va la rebaptiser. Il nous faut quelque chose qui va faire craquer les filles, mais que les gars trouveront pas trop cucu non plus. Tu me suis ? Quelque chose comme…

Il continue de réfléchir, puis s'exclame :

— Je l'ai ! Muscade ! Et POW !

« Muscade et pow. »

- Tam Gauthier-Hung,
artiste du marketing

Publication Facebook de Noémie Audet St-Jean :

J'ai le meilleur amoureux du monde. Il faut absolument que je vous montre ce qu'il m'a écrit. C'est tellement beau. Trop hâte de te retrouver. Encore trois petites semaines.
– Avec Henri Bastien

Chère Noémie
Toi qui es ma bien aimée
Toi qui partages ma destinée
En ton absence, j'ai le cœur en lambeaux
L'âme en errance, je ne suis qu'un robot
Dans la noirceur de ma solitude
Je rêve au jour où tu reviendras
Noémie
Ta beauté sublime
Me sortira de l'abîme
Et ensemble nous fleurirons
Sous le soleil de l'amour

UNE RECETTE DE CHEESEBURGER SANS FROMAGE

Quand je vois apparaître le poème de Jean-Robert dans mon fil d'actualité, j'ai d'abord un mouvement de recul. J'aurais préféré mettre cette histoire-là derrière moi et qu'on n'en parle plus. Mais bon, ce n'est pas comme si le poème faisait la une des journaux. Dans quelques heures, mes prétendus exploits poétiques auront été remplacés par plein d'autres nouvelles beaucoup plus intéressantes. C'est même déjà commencé.

Shanelle Masse a partagé un lien

Grosse dispute entre filles dans Les Anges!!!!

134 👍

Abonnés 1490

Raphaëlle Vézina-Racine a partagé un lien

Voici ma nouvelle vidéo où je vous présente mon nouveau copain Jesse!! Vous allez voir, les filles, il est trop migon!!!! ❤ ❤ ❤ ❤ ❤

279 👍

Ali César a partagé un lien

Messi VS Neymar sur FIFA 2019

31 👍

Anne Francoeur a partagé un lien

Deux incroyables recettes: Tarte au sucre sans sucre et cheeseburger sans fromage (Miam!!!)

5 👍

En fin de compte, les seules personnes qui verront apparaître la publication sont :

Ont aimé cette publication

Jean-Daniel Pagé-Michaud
Fatima Ben Halla
David Hovington
Flore Jean-Louis
Johanne Foucher
Isha Paliwal ← 😰😰😰😰😰😰
Karim Fadi

OMG! **Message envoyé par Henri Bastien**
Salut, Isha, j'ai commencé à m'entraîner à faire les accords que tu m'as montrés ! Ça avance ! J'ai hâte de te faire entendre ça !

OMG! **Message envoyé par Henri Bastien**
J'ai trouvé une interview avec Mindy Kaling, sur YouTube. C'est vraiment intéressant. (lien vers l'entrevue)

OMG! **Message envoyé par Henri Bastien**
OMG ! Je viens de voir la publicité de McDonald's à la télé !! looooollllll !!!!!

OMG! **Message envoyé par Henri Bastien**
Hey ! Hey ! Quoi de neuf ? As-tu beaucoup d'examens ces temps-ci ? ☺

OMG! **Message envoyé par Henri Bastien**
Isha ? Ça va ?

OMG! **Message envoyé par Henri Bastien**
Hello ?

SUR QUELLE PLANÈTE TU VIS ?

Isha n'a répondu à aucun de mes messages. Elle m'a même retiré de sa liste d'amis. Pour lui parler, je n'ai pas eu le choix : j'ai trouvé l'horaire de son équipe de volleyball sur le site de son école et je suis allé l'attendre à la sortie, un soir de match. Ça fait une demi-heure que je suis là, debout en bas du grand escalier de pierre, devant l'entrée principale. Les mains dans les poches, j'ai le corps crispé par le froid. Isha apparaît enfin et commence à descendre les marches. Elle porte un sac de sport, une veste en jeans et une casquette jaune assez stylée. Lorsqu'elle me voit, elle ne sourit pas. Elle détourne le regard et poursuit son chemin.

— Isha ! Attends !
— Qu'est-ce que tu veux ?
— Je voulais te dire que je suis désolé pour…
— Écoute, Henri, si t'es venu juste pour ça, je te le dis tout de suite : tu perds ton temps.

Isha reste là, les bras croisés. Après un moment de silence, elle me relance :

— Bon, si t'as rien d'autre à dire, moi je vais y aller.
— Non, attends !

Son regard me traverse.

— Sérieux, Henri, je ne peux pas croire que t'es ce genre de gars là. Pourquoi tu ne m'as jamais dit que t'avais une copine ?
— Je sais pas... On n'a jamais abordé le sujet.
— Tu te fous de moi ? OK, donc si je n'avais pas vu le poème sur Facebook, tu ne me l'aurais jamais dit ?
— ...
— Et moi, pendant ce temps-là, comme une belle conne, je pensais qu'on avait quelque chose de spécial.
— Ben... on avait une belle amitié...
— Tu crois que j'invite tous mes « amis » chez moi pour leur présenter ma mère ? Sur quelle planète tu vis ?

Je ne sais pas quoi répondre.

— Henri, je pensais que c'était clair depuis le début que j'avais... des sentiments pour toi.

Devant moi, Isha fixe le sol en rongeant nerveusement l'ongle de son pouce. Elle a dit les mots « sentiments pour toi ». Ça en fait au moins une sur deux qui a le courage de dire ce qu'elle ressent.

— OK, Isha, j'avoue... Ça faisait un bout de temps que je voulais te le dire, mais... je n'en ai pas été capable.

Elle relève la tête et attend la suite.

— Tu sais, moi aussi, j'ai... je te trouve vraiment cool. Sauf qu'en même temps, j'ai une copine. Elle aussi, je la trouve super. Donc je suis embrouillé. Et je ne veux pas te faire de peine. Dans ma tête, c'est le bordel en ce moment… Si tu ne veux plus jamais me parler, je comprends. Je vais te laisser tranquille. Je suis vraiment désolé…

Isha reste devant moi sans rien dire. J'essaie de mettre ma main sur son épaule, mais elle me repousse sèchement.

— Moi, Henri, un gars qui ne sait pas ce qu'il veut, j'ai pas besoin de ça dans ma vie. Je te souhaite beaucoup de bonheur. Salut.

Elle finit de descendre l'escalier de pierre et se dirige vers l'arrêt du bus, d'un pas rapide. Une chaussure tombe de son sac. D'un geste brusque, elle la ramasse et continue de marcher, la basket dans la main.

BENOIT A LE VISAGE À L'ENVERS

Pour notre projet sur la cédille, Madame Sylvestre nous a donné C+. Je suis satisfait, considérant qu'on a écrit la chanson aujourd'hui, pendant l'heure du déjeuner. Quant à Ryan, il a reçu la nouvelle comme s'il venait d'atteindre le triple 20 dans une partie de fléchettes. En arrivant à mon casier, je récupère mon téléphone dans la poche de mon manteau et je prends mes messages.

Texto de Noémie :
Je voulais que tu saches que plein de gens ont aimé ton poème.
Même Fatima m'a écrit pour me dire à quel point elle avait été touchée…
quand Jean-Robert lui a offert EXACTEMENT le même texte, l'année dernière… Bravo, Henri. Tu peux être fier de toi. 👏👏😢

La tête enfouie dans mon casier, je relis le message de Noémie en boucle, en cherchant une manière de réparer ce gâchis. Il faut que je l'appelle. Maintenant. Je ramasse mon sac et je fonce vers les toilettes les plus proches. Je m'enferme dans une cabine et compose le numéro de Noémie. Un appel vidéo pour que je puisse lui demander pardon en la regardant dans les yeux. Qu'elle puisse voir que je suis sincère. On s'était promis de tout se raconter et c'est exactement ce que je vais faire. Je vais lui parler d'Isha, de mes sentiments confus, des raisons pour lesquelles j'ai eu tant de mal à lui répondre. Ce coup-ci, je vais être sincère avec elle, de A à Z.

Le visage de Benoit apparaît à l'écran. Et comme il n'a jamais appris à tenir un téléphone pour faire un appel vidéo, sa tête est à l'envers.

— Salut, Henri.
— Bonjour, Benoit. Est-ce que Noémie est là ?
— Écoute, mon grand, Noémie a besoin d'un peu de temps pour réfléchir. Je suis désolé, elle ne veut pas te parler.
— Ah… euh… OK. Ben… euh… c'est rien… Je…

Je ne sais plus ce que j'ai dit après. Sur le mur à côté de moi, des crottes et des mauvais mots sont gravés au couteau. Ce qui est gravé dans mon cœur est encore pire.

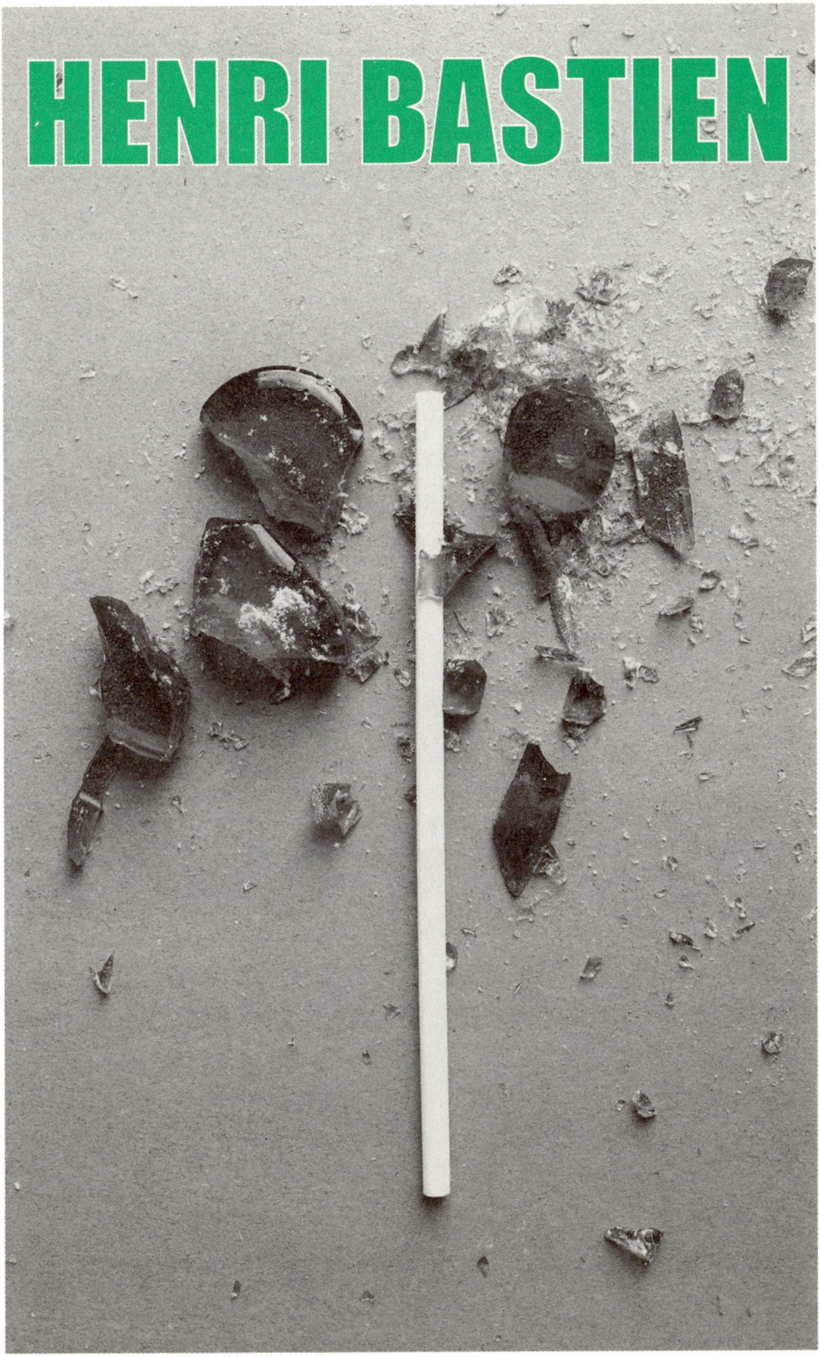
HENRI BASTIEN

G.C.S.M.C.L.S.I.

Quand je sors des toilettes, il n'y a plus personne dans l'agora. Seulement le concierge qui passe la serpillière sous les tables de ping-pong et une poignée d'élèves rassemblés dans le local multijeux pour un tournoi de cartes Magic. Par une fenêtre, j'aperçois les manifestants antistupidité qui sont revenus à la charge, malgré la stratégie « géniale » de Tam. La manif d'aujourd'hui est deux fois plus grosse que celle de la semaine dernière. Même que, ce coup-ci, d'autres organisations s'en sont mêlées.

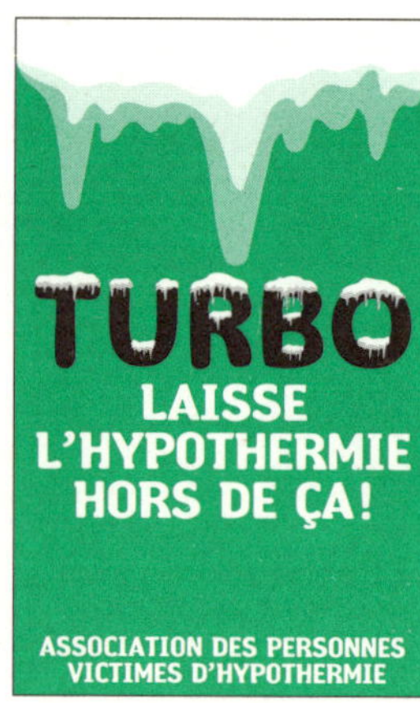

Assis par terre à côté du distributeur, Tam et Turbo ont l'air complètement abattus.

— Hey, les gars, ça va ?
— Non. Et toi ?

— Non.

Je leur fais un *fist bump* et m'assois lourdement à côté d'eux. On reste là, sans rien dire. À contempler, chacun pour soi, notre vie en ruine. Tam soupire en hochant la tête.

— Wow… Je ne savais pas que des manifestants contre la stupidité pouvaient être aussi… stupides.

Ryan ajoute :

— Faudrait créer un groupe CONTRE la stupidité des manifestants contre la stupidité sur internet…
— Clairement. Ça s'appellerait genre le… G.C.S.M.C.L.S.I.

Tam et Ryan éclatent de rire.

— J'en ai un, les gars. Le groupe d'action contre les imbéciles qui dénoncent les imbéciles qui dénoncent les imbéciles ! Le… G.A.I.D.I.D.I. !
— Hahaha ! Le Gaididi, c'est excellent !
— Hahahaha !

Le hurlement du séchoir à main dans les toilettes des hommes interrompt notre délire. Monsieur Blanchette sort en enfonçant sa chemise dans son pantalon.

— Ça va, les garçons ?

Son clin d'œil subtil me confirme qu'il était lui aussi aux toilettes quand je parlais avec Benoit et qu'il a tout entendu.

Calmement, monsieur Blanchette marche jusqu'à la fenêtre. Tout en observant la manifestation, il fouille dans sa poche et en sort un vieux fil de soie dentaire. Après s'être décrotté les dents avec une rigueur exemplaire, il range le fil et nous fait signe de le suivre.

L'AMOUR EST UN JARDIN SAUVAGE

Le bureau de monsieur Blanchette n'est pas comme la dernière fois que j'y suis entré. Les rideaux sont fermés ; les lumières aussi. Seule une constellation de bougies éclaire la pièce. Une bouteille de vin est posée sur le bureau, avec deux coupes, et une musique irrésistiblement romantique flotte dans l'air.

— Henri, tu connais Denise…

Je sursaute en découvrant Denise Prudhomme, assise dans un fauteuil, dans un coin obscur de la pièce. Elle porte une robe coquette, en plus d'être lourdement maquillée.

— Bonjour, madame Prudhomme…
— Bonjour, mon grand. Ta mère va bien ?

Monsieur Blanchette nous escorte jusqu'à la fenêtre. Il écarte les rideaux et pousse le panneau de verre vers le haut. Dehors, une chaise est placée au pied du mur de brique. C'est sans doute par là que Denise Prudhomme est entrée, en secret, pour retrouver son adonis. Monsieur Blanchette inspecte la cour arrière et nous fait signe que la voie est libre.

— Bonne chance, les gars.

Quand je passe devant lui, il pose la main sur mon épaule et me regarde droit dans les yeux.

— Henri…
— Oui, monsieur.
— L'amour est un jardin sauvage.

Il me fixe en continuant de savourer ce qu'il vient de dire.

— Faut vraiment que j'y aille, monsieur…
— Fonce dans la vie, mon grand. Allez, ouste ! Un pour tous… et tous pour l'amour !!

J'AI MAL À MON YOUTUBE

On a pu contourner les manifestants et attraper le bus sans se faire voir. Aussitôt en sécurité, Tam propose de faire un meeting d'urgence pour discuter de la suite des choses. Comme Bianca a une amygdalite depuis sa fausse noyade, on a préféré la laisser se reposer et se retrouver tous les trois dans ma chambre. Dès qu'il voit ma nouvelle déco, Tam éclate de rire.

— WOOOW !!! T'es un vrai ado super méga cool, mon gars ! Hahahaha !

Tam remarque soudainement la feuille collée au-dessus de mon bureau. Il grimace en lisant ce qui est écrit dessus :

— Les cinq règles de notre relation… C'est quoi, ça ?
— Ah, c'est rien. Laisse tomber.

J'arrache la feuille et je la glisse dans mon tiroir. Une fois la visite de ma chambre terminée, on s'assoit tous les trois devant l'ordi pour lire les derniers commentaires sous la vidéo de Ryan.

Jemepensedrôle

INACCEPTABLE !! C'EST CLAIREMENT FAKE !!!

J'aime Commenter

Supsup

Calme-toi.

J'aime Commenter

Jemepensedrôle

NON !!!

J'aime Commenter

Barbatruc14

J'ai la preuve que cette vidéo est truquée.
Le chien au début de la vidéo est plus petit que celui à la fin.

J'aime Commenter

Laurence Behem

C'est parce qu'il est plus loin de la caméra

J'aime Commenter

Barbatruc14

Ok lol mais je pense quand même
que c'est pas une vraie noyade.

J'aime Commenter

Novak56

Ma foi, il est mignon ce gros toutou.

J'aime Commenter

Poète du web

J'ai mal à mon YouTube. Je souffre de l'internet.

J'aime Commenter

72

Alix Lafortune

Comme Logan Paul avec le canard. Lol.

J'aime Commenter

Malgré toute cette haine dirigée vers Turbo, Tam n'a toujours pas perdu espoir.

— Pas de panique, les gars. On vient de mettre en place une stratégie de relations publiques. Faut laisser aux choses le temps de se placer. C'est normal.

C'est encore moi qui joue les rabat-joie :

— Tam, tu as lu les commentaires ? Ta stratégie ne marche pas, c'est clair.
— Henri, quand quelqu'un arrive avec un concept révolutionnaire, c'est normal que ça ne plaise pas à tout le monde.
— Ton concept n'est pas révolutionnaire, t'as juste copié plein d'autres youtubeurs qui ont fait pareil !
— Pardon ? L'idée de la fausse noyade, c'était un concept original, et c'était du pur génie.
— Parlons-en de la fausse noyade. C'était quoi, l'idée d'impliquer Bianca là-dedans ? Tu sais qu'elle déteste nager !
— Henri, laisse Bianca en dehors de ça.
— Non ! TOI, laisse Bianca en dehors de ça !

Quelqu'un frappe à la porte. C'est Charlie.

— Salut, Ryan, ça va ?
— Ça va.
— Henri, maman veut savoir si c'est toi qui as oublié le lait sur la table, ce matin.
— Euh…
— En fait, comme c'est ni maman ni moi, logiquement, t'es le seul suspect.
— Désolé.
— Pas grave. Qu'est-ce que vous faites ?

Charlie entre et on lui explique la situation. Elle écoute attentivement, puis demande à Tam :

— Et maintenant, vous allez faire quoi ?
— C'est pour ça qu'on est ici. Je réfléchis.

Après un moment, Ryan essaie de dire quelque chose :

— Hey, les gars, je pense que…

Tam lui fait signe de se taire.

— Ryan, s'il te plaît, je me concentre.
— Je sais, mais je…
— Ryan, je ne peux pas avoir d'idées si tu m'interromps tout le temps.
— Non, mais c'est parce que…
— Ryan !

Exaspérée, Charlie intervient :

— Tam, tu nous saoules. Laisse-le parler.

Tam lève les mains en signe d'abandon et Ryan peut enfin prendre la parole :

— Merci, Charlie. Bon, ce que j'essaie de dire, c'est que j'ai une idée. Je pense que je sais ce que je veux faire.

TURBO N'A PAS LES PAUPIÈRES ASSEZ SERRÉES

Comme le supermarché n'est pas très loin de chez moi, on s'y est rendus à pied. Charlie a appelé avant de partir pour s'assurer que Stéphanie travaille aujourd'hui. Elle s'est aussi portée volontaire pour filmer pendant que Turbo va présenter ses excuses à la jeune employée. C'était ça, son idée. Aller s'excuser, tout simplement. Juste avant d'entrer dans le magasin, Tam nous explique le plan qu'il a eu le temps de mettre au point durant le trajet :

> — Bon, Charlie, tu vas suivre Ryan, mais de loin. On veut que ça ait l'air d'une vidéo filmée par hasard, par un client. Il faut que le spectateur sente qu'il est en train d'assister à quelque chose qu'il n'est pas supposé voir. Tu comprends ? Si la vidéo a l'air arrangée, on est grillés.

Au comptoir, le gérant est en train de mettre des bouteilles de bière vides dans des boîtes. Turbo va lui parler et, quelques instants plus tard, une voix d'homme résonne dans tout le magasin.

« Stéphanie est demandée à la caisse. Stéphanie. »

Pendant que Ryan attend, Tam continue de diriger le travail de Charlie :

— OK, maintenant, zoome un peu sur son visage. On veut lire la sincérité dans ses yeux. Sentir que Turbo est un nouvel homme qui reconnaît ses fautes et qui est prêt à rencontrer sa victime. Pour lui, c'est un moment de vérité. C'est ça, comme ça. Zoome encore plus ! Oui ! Bravo !

Stéphanie vient d'arriver au comptoir. Elle porte un sarrau, des gants en latex, et ses cheveux blonds sont enveloppés dans un filet. En voyant Ryan, elle se fige. Comme tout le monde, elle a dû voir circuler le *prank* de la Dynastie et elle l'a reconnu tout de suite. Elle scrute les alentours, sans doute à la recherche des deux autres clowns qui étaient là la dernière fois. Planqué derrière une montagne de gâteaux aux fruits, Tam chuchote à ma sœur :

— Maintenant, Charlie, avance doucement, en restant naturelle.

On s'approche de la scène, comme si de rien n'était, assez pour comprendre ce que Turbo est en train de dire.

— Salut. Tu me reconnais ?

Stéphanie fait un petit oui de la tête.

— Je suis venu pour m'excuser. Tu ne vas peut-être pas me croire, mais je suis vraiment désolé.

Stéphanie n'a toujours pas dit un mot. Les bras croisés, elle le laisse parler.

— Je te jure. Ces derniers temps, j'ai vraiment… j'ai changé…

Après un long silence, Stéphanie répond enfin :

— J'imagine que tout le monde peut faire des erreurs. Même moi, des fois, ça m'arrive de prendre des mauvaises décisions… C'est bon.

Pendant que Tam jubile, Turbo baisse la tête. Il soupire, puis relève les yeux vers Stéphanie.

— Merci, Stéphanie. Vraiment, je…

Son visage se crispe et il ferme ses paupières très fort, pour s'empêcher de pleurer. D'un geste naturel, Stéphanie le prend dans ses bras. Les paupières de Turbo ne sont plus assez serrées pour retenir les larmes, qui jaillissent maintenant à grands flots.

UN MÉLANGE D'AMUSEMENT ET DE PANIQUE

Quand on ressort du magasin, Tam est en extase.

— *Yes!* Un moment de pure émotion! Ryan, tu étais SUBLIME!! Du contenu comme ça va te rapporter une tonne de *likes*, et t'auras plus jamais à t'inquiéter pour ta réputation, ça, je te le garantis! Charlie, passe-moi le téléphone, je veux visionner ce grand cru du cinéma d'auteur!

FAITS MARQUANTS DE L'HISTOIRE DE YOUTUBE, SELON TAM GAUTHIER-HUNG

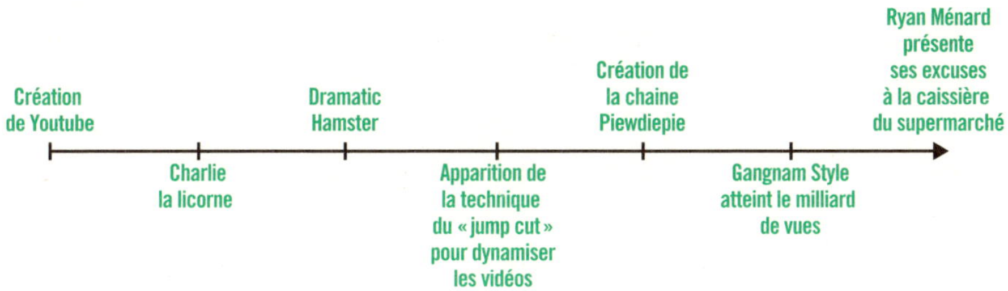

Tam, tout sourire, se met à fouiller dans le téléphone, à la recherche de la vidéo.

— C'est bizarre, je ne trouve pas le fichier…

Ma sœur répond, tout naturellement et sans perdre son sérieux :

— Tu ne le trouveras pas.
— Comment ça ?
— Je n'ai rien filmé.

Tam regarde ma sœur avec un mélange d'amusement et de panique.

— Voyons, Charlie… arrête de me faire marcher.
— Filmer un moment d'émotion spontanée et l'utiliser pour attirer la sympathie du public, c'est de la manipulation. Je trouve ça immoral. Sans parler du fait que ça perd toute sa magie. Par contre, toi Ryan, bravo ! Tes excuses étaient très sincères. Je suis fière de toi.

Pendant que Charlie continue de nous expliquer les fondements philosophiques de son geste, une lueur de folie apparaît sur le visage de Tam.

— Wow. Elle n'a pas filmé… Elle n'a pas filmé…

Il se dirige lentement vers la rue, en continuant son monologue :

— Elle n'a pas filmé… Elle n'a pas filmé…

Quand Tam a disparu, Charlie se tourne vers Turbo et moi.

— Bon, maintenant, les gars, laissez-moi vous expliquer mon idée.

Ce coup-ci, c'est moi qui filme.

Turbo est debout dans le parking du supermarché, avec Stéphanie à ses côtés.

« Salut, tout le monde, je m'appelle Ryan Turbo Ménard et je suis ici avec mon amie Stéphanie ! »

Stéphanie fait bonjour avec enthousiasme et Turbo poursuit son intro :

« Aujourd'hui, j'ai une grande annonce à vous faire. Vous regardez actuellement la toute dernière vidéo de la Jackstrap Dynastie. Après ça, c'est terminé. Je ferme la chaîne. Je voudrais remercier tous mes abonnés qui sont restés fidèles pendant les moments difficiles... »

Pendant que Ryan continue ses adieux à ses abonnés, Stéphanie sort du cadre. Elle rejoint Charlie, qui lui remet subtilement une énorme forêt-noire. Turbo, lui, n'a rien remarqué. « Merci à tout le monde. Votre soutien a été précieux. Pour moi, c'est l'heure de passer à autre ch… »

Stéphanie réapparaît subitement et écrase le gâteau sur le visage de Ryan. Les employés dans le parking se mettent à applaudir, alors que Stéphanie rit à en perdre le souffle. Je continue de filmer pendant que Ryan enlève la crème qui lui recouvre les yeux. La face pleine de mousse blanche et de copeaux de chocolat noir, il sourit.

PAbouchard

Hahahaha ! Dans ta face, Turbo !

J'aime Commenter

Lemeilleurdumonde

Stéphanie for the win !!!

J'aime Commenter

Sweglord

Ce gâteau semblait délicieux.

J'aime Commenter

Mr. Poisson

Enfin, Turbo Ménard a eu ce qu'il méritait ! Bien joué.

J'aime Commenter

NathanGG

#Karma :P :P :P

J'aime Commenter

Benjiiii

Justice est faite. 🙏🙏🙏🙏🙏

J'aime Commenter

AMOUR OU AMITIÉ ?

Un petit quiz pour démêler tout ça

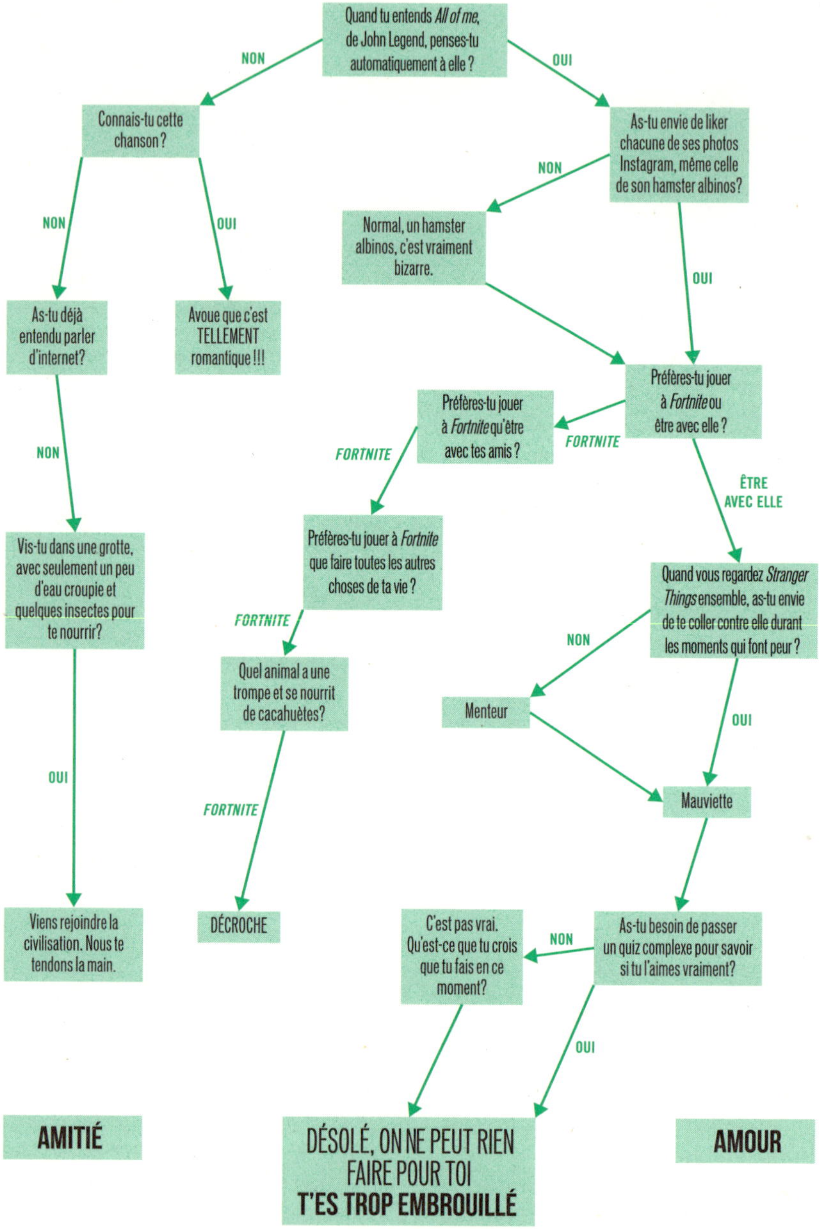

MA MÈRE A TOUT COMPRIS

À la suite de l'épisode du gâteau, plusieurs militants anti-Turbo ont déclaré que l'honneur de la pauvre Stéphanie était sauvé. Justice a été faite. La vidéo, en soi, n'a pas fait trop de bruit, jusqu'à ce que les images soient incluses dans une compilation de FailArmy. À partir de là, ça a décollé et la vidéo est devenue virale.

Malgré sa popularité renouvelée et les nombreuses demandes pour ressusciter sa chaîne, Turbo a tenu promesse : la Jackstrap Dynastie est fermée pour de bon. Il vient même d'ouvrir une nouvelle chaîne à vocation éducative pour petits et grands.

Plus la période des fêtes approche et plus je suis certain d'une chose : je vais passer les pires vacances de ma vie. Je me vois déjà jouer, en robe de chambre, à des jeux vidéo jusqu'à ce que mes yeux saignent du nez. Noémie refuse toujours de me parler. Avec Isha, c'est mort. Des vacances mémorables, vraiment. Quelqu'un frappe doucement à ma porte.

— Henrichou, je peux entrer ?

Fini, le temps où ma mère profitait de n'importe quelle occasion pour venir m'espionner. Maintenant, elle respecte mon espace d'ado qui « fait des folies ». Le seul problème, c'est qu'il n'y a plus de folies à mon agenda depuis longtemps. Ma mère entre et dépose un sac de vêtements sur ma chaise.

— Tiens. Il y avait une promo, je t'ai acheté des t-shirts.
— Cool.
— Miss Noémie arrive dans une semaine. Tu dois avoir hâte !

Je m'efforce de sourire et je réponds :

— Oui. J'ai hâte.

Elle reste là et me regarde en plissant les yeux.

— Ça va, toi ?

J'aimerais lui dire que tout va bien. Que tout baigne, dans ma vie d'ado, et que j'ai hâte de passer des fêtes féériques avec ma famille et mon amoureuse. Mais tout ce que je trouve à répondre, c'est :

— Toi, est-ce que ça t'est déjà arrivé d'être amoureuse de deux personnes en même temps ?

Son sourire. Son regard. Elle a tout compris.

— En vieillissant, mon grand, tu vas réaliser que les émotions, c'est rarement noir ou blanc.
— Donc, ça t'est déjà arrivé ?

Elle fait oui de la tête, en continuant de sourire.

— Qu'est-ce que t'as fait ?
— Ce que j'ai fait, Henri, ce n'est pas important. Ce qui compte, c'est que, toi, tu sois honnête avec toi-même. Toujours. Le reste, on s'en fout.

Elle attend encore un peu avant d'ajouter :

— Tu sais, peu importe ce que tu vas choisir, ça ira. Des filles formidables, tu vas en rencontrer plein dans ta vie…

Elle replace délicatement mes cheveux avec ses doigts.

— Un beau grand jeune homme comme toi…

J'entends soudainement quelqu'un descendre les marches à toute vitesse. Charlie fait irruption dans ma chambre. Elle porte le vieux blouson en cuir de ma mère. Un vêtement qui date d'une période d'intense confusion vestimentaire.

— Maman, je vais aider Ryan avec son projet de science ! Je reviens pour dîner ! Salut !

Elle s'apprête à partir, mais ma mère la retient.

— Charlie, qu'est-ce que tu fais avec mon blouson en cuir ?
— Euh… c'est parce que Ryan vient me chercher en moto.
— Pardon ?

— Il vient d'avoir son permis.
— Je suis désolée, ma grande, mais il n'est pas question que tu montes sur une moto avec cet idiot-là.
— C'est pas juste ! Et de toute façon, tu ne le connais même pas !
— Attends-moi deux minutes, je vais aller te conduire. Ça me fait plaisir.
— Je parie que si c'était Henri, tu ne dirais rien ! Avoue-le !
— Charlie, change de ton immédiatement !

Charlie et ma mère sortent de ma chambre. Je les entends encore se disputer dans le salon. Je referme la porte et je vais fouiller dans ma garde-robe. Après avoir écarté un vieux pot de billes, deux raquettes de badminton et un puzzle 3D de la tour Eiffel, je trouve enfin ce que je cherchais : mon vieux ukulélé vert, avec des ananas dessus.

« Bonjour, tout le monde, je m'appelle Ryan Ménard et je suis ici pour vous présenter ma nouvelle chaîne éducative, Les expériences épatantes de Ryan ! Aujourd'hui, pour ma première vidéo, je vous propose une expérience scientifique SUPER amusante. Ensemble, on va découvrir ce qui arrive… quand on avale 50 pruneaux en 1 minute ! Hahahaha ! Après ça, je vous propose un suivi détaillé… en direct de mes intestins !!! Êtes-vous prêts ou quoi ?!! »

TURBO MÉNARD
CON POUR L'ÉTERNITÉ

HENRI OH MY POCHE

Ce midi, je suis seul à la cafétéria. Tam a un cours de rattrapage en gym et Jean-Robert est fâché contre moi depuis que son chef-d'œuvre a été publié sur Facebook. À cause de ça, il ne pourra plus jamais l'utiliser. Des mois de travail partis en fumée. Je mords dans mon sandwich et je le mastique lentement. J'avale ma bouchée avec une gorgée d'eau tiède. Tiède comme ma vie.

— Salut, Henri, ça va ?

Je lève les yeux. C'est Laurent. Laurent 4 Life. Le gars que j'ai croisé au début de l'année et qui m'a fait signer son cahier de maths. Je l'ai aperçu quelques fois dans l'école, depuis, mais c'est la première fois que je lui reparle.

— Hey… Laurent.

Pour être franc, j'ai juste envie qu'il s'en aille.

— Je peux manger avec toi ?
— Si tu veux...

Laurent s'assoit devant moi, déballe son repas et commence à manger, sans rien dire. Après un moment, il finit par lancer :

— Avec les vacances qui arrivent, j'imagine que tu vas avoir plus de temps pour faire des vidéos ?

Faire des vidéos. J'avais oublié cette époque de ma vie.

— Pour être honnête, Laurent, je ne pense pas que je vais faire d'autres vidéos.
— Comment ça ?
— Bah, YouTube, c'est fini pour moi.

Dans ma gorge, la boule de pain descend moins bien que tout à l'heure. Laurent dépose doucement son sandwich et il me regarde dans les yeux.

— Hein ! Pourquoi ?

— J'ai pas vraiment envie d'en parler… Honnêtement, ces temps-ci, ma vie, c'est de la merde. J'aurais rien d'intéressant à raconter dans mes vidéos, de toute façon.
— Tu pourrais parler de ça.
— De quoi ?
— De ça. De ce que tu vis. Je suis certain que ça intéresserait plein de gens. Moi, en tout cas, ça m'intéresse.

Laurent est sincère. Il pense vraiment pouvoir m'aider avec ses encouragements. C'est mignon.

— Écoute, Laurent, pour être youtubeur, il faut avoir quelque chose de spécial. Il faut être cool. Avoir du *swag*. Sauf que, moi, en ce moment…
— Tu trouves que t'es pas assez cool pour être youtubeur ? C'est ça ?
— Ah, laisse tomber. T'es gentil de vouloir m'aider, mais je pense que t'es trop débutant sur YouTube pour comprendre ce que je vis. Désolé.

Laurent se lève et commence à fourrer son repas à moitié terminé dans son sac

— Tu sais, Henri, les gens s'en foutent, que tu sois cool. Ils veulent juste que tu sois sincère. Pourquoi tu penses que j'aimais ta chaîne ? Ce que j'ai aimé, c'est quand t'as pris la parole pour défendre Zack ou ta vidéo d'amour pour Noémie. Même tes DIY, je les aimais bien, moi. Enfin, je ne sais pas pourquoi je perds mon temps. C'est toujours pareil avec les youtubeurs. Dès que vos abonnés augmentent, vous devenez obsédés par votre image. Et ça gâche tout. J'ai été con de penser que t'étais différent. Henri Oh my Poche.

Laurent 4 Life quitte la cafétéria et je reste seul devant mes croûtes de pain et ma bouteille d'eau. Qu'est-ce qui m'a pris de réagir comme ça ? Pourquoi, même après son départ, j'ai encore la jambe qui tremble et les dents serrées ? Sans doute parce qu'au fond de moi-même, je sais qu'il a raison.

Abonnés 1433

« Chers abonnés, ici Henri Oh my God. Je suis super content de vous retrouver. Avant de commencer, je voudrais dire un grand merci à mon ami et youtubeur Laurent 4 Life. Je vous invite à aller regarder ses vidéos, le lien est juste ici, en bas. Comme vous le savez, ces derniers mois, j'ai pris une pause. Je me suis éloigné de YouTube. Pendant ce temps-là, il s'est passé mille choses dans ma vie. J'ai tellement hâte de vous raconter. J'ai aussi eu le temps de réfléchir aux raisons pour lesquelles je faisais ça. À ce que ça voulait dire, pour moi, être youtubeur. Aujourd'hui, je suis officiellement de retour, pour de bon. Vous allez voir, dans les prochaines semaines, j'ai plein de surprises pour vous, ça va être incroyable. J'espère que vous êtes prêts ! Ça commence maintenant !!! »

POUR DE VRAI

Dans le salon, ma mère et tante Lucie finissent de peaufiner leur chorégraphie pour le spectacle qui a lieu vendredi prochain. Chacun de leurs sauts fait vibrer ma chambre au complet. Ça fait 10 minutes que ma nouvelle vidéo est en ligne et je suis toujours assis devant mon ordi. Je sais exactement ce qu'il me reste à faire, sauf que je suis terrifié. Après un autre long moment d'hésitation, j'ouvre finalement Facebook et je déclenche un appel vidéo. Quand le visage d'Isha apparaît à l'écran, elle me fixe avec un regard noir.

— Qu'est-ce que tu veux ?
— Salut, Isha.
— Sérieux, je pensais qu'on avait fait le tour de la question.
— Je sais. Mais il y a juste une dernière chose que je ne t'ai pas dite l'autre fois.
— …
— Peux-tu me donner trois minutes ? Après ça, je ne te dérangerai plus jamais. Promis.

Elle soupire longuement.

— C'est bon. Trois minutes. Pas plus.

J'aligne la caméra et je recule un peu. Lorsqu'elle voit le ukulélé dans mes mains, je décèle un micro-sourire au coin de ses yeux.

— C'est une petite compo. Ça s'appelle *Pour de vrai.*

Je me racle la gorge et gratte le premier accord.

Ma chanson est terminée et Isha n'a toujours pas réagi. Après un long silence, un sourire apparaît finalement sur son visage. On reste là, à se regarder à travers nos webcams. Émus. Puis, tout à coup, un bruit. Ma porte s'ouvre. Noémie entre dans ma chambre. De l'endroit où elle se trouve, elle ne peut pas voir le visage d'Isha qui est encore à l'écran. Je me rue sur le X et je ferme l'appel vidéo.

— Noémie ?
— Salut…

Elle reste dans le cadre de la porte. Gênée.

— Tu ne devais pas arriver la semaine prochaine ?
— On voulait vous faire une surprise.
— Wow, c'est... c'est une sacrée surprise !
— C'était beau, ce que tu jouais… Je ne savais pas que t'étais musicien…
— Moi non plus…

Subitement, je reviens à moi et je me précipite vers elle. Je la prends dans mes bras.

— Je suis content que tu sois là…
— Moi aussi.

On reste comme ça encore un peu.

— Tu sais, Henri, pour l'histoire du poème, j'ai beaucoup réfléchi. Les règles et tout. C'est vrai qu'on s'est peut-être mis une pression inutile avec ça. Ce que t'as fait, je trouve ça nul, mais, en même temps, je peux comprendre.

Alors que je tiens toujours Noémie dans mes bras, j'entends un petit « ding », dans mon ordinateur.

Message envoyé par Isha Paliwal
T'as raccroché ?

Noémie pose la tête sur mon épaule et me serre encore plus fort contre elle.

— Je t'aime, Henri.

Message envoyé par Isha Paliwal
Hello ?

Message envoyé par Isha Paliwal
Henri ?

ROBERT, JE SAIS
QUE ÇA FAIT MAL
MAIS TU DOIS
ATTENDRE LE TOME 5

FIN

LEXIQUE

Dab – Mouvement qui consiste à placer son visage dans le creux du coude tout en levant ses deux bras à l'oblique.

Fail – Vidéo humoristique mettant en scène quelque chose qui a été raté (vidéo d'une chute par exemple).

Haters – Personnes qui passent leur temps à dénigrer quelqu'un via internet (sur les réseaux sociaux ou les forums par exemple).

Long time no see – Expression anglaise utilisée lorsque des personnes ne se sont pas vues depuis un long moment.

On the rocks – Cocktail avec des glaçons.

Thug – Rebelle, voyou.

LEXIQUE DES TOMES PRÉCÉDENTS

Background – Arrière-plan, décor.

Friendzone – Situation où une personne souhaite avoir une relation amoureuse avec une personne qui ne veut qu'une relation amicale.

Jackstrap (ou *jockstrap*) – Sous-vêtement masculin.

Prank – Farce, blague, plaisanterie destinée à faire rire aux dépens de quelqu'un.

REMERCIEMENTS

À ma femme Laurence. À Pierre, Martin, et toute l'équipe de La Bagnole. Sans oublier tous les youtubeurs qui m'ont inspiré pour l'écriture de ce quatrième tome. Merci.

CRÉDITS PHOTOS

PIXABAY.COM
64, 65, 90, 91, 101, 128, 129, 130, 144, 145, 156, 157, 175, 176, 177, 192, 202, 203, 218

SHUTTERSTOCK.COM
13, 15, 25, 30, 31, 39, 41, 46, 48, 55, 58, 75, 79, 80, 98, 100, 102, 104, 116, 126, 134, 165, 171, 178, 188, 201, 209, 219

IMGFLIP.COM
12, 108